Edition Mundart · Bernd Siemers · Jetzt bass uff!

Gschribbe hab e alles so,
wie e g'maaint hab, dass es heere du.
Do isch nix logisch, do schdeggt kaai Syschdem dehinner,
so isch mer halt d'Labb gwachse, so isch's worre.
Un immer laut lese, dann verschdeht mer 's am beschde!

Bernd Siemers, geboren 1942 in Karlsruhe, Studium an der dortigen PH. Stationen in Ludwigsburg und Karlsruhe. Bis 2002 Schulleiter an der Johann-Peter-Hebel-Schule in Ettlingen-Schöllbronn. 1998 erschien im Eigenverlag „Aus Karlsruh un drumrum" – Geschichten, Erlebtes, Berichte und Büttenreden; 2006 wurden ausgewählte Beiträge zu den „Ettlinger Mundartabenden" im Band „Ettlinger Mundart" aufgenommen. 2008 erschien im Info Verlag sein Mundart-Wörterbuch „De Karlsruher uff d'Labb guggt", das mittlerweile in der 2. Auflage vorliegt.

Bernd Siemers

Jetzt bass uff!

Ausdenkts, Uffgschnabbts, Noochverzählts
un Erlebts uff Karlsruher Deitsch

Edition Mundart

Edition Mundart
herausgegeben von
Thomas Lindemann

Bibliografische Information Der Deutschen Bibliothek
Die Deutsche Bibliothek verzeichnet diese Publikation in der Deutschen Nationalbibliografie; detaillierte bibliografische Daten sind im Internet über http://dnb.ddb.de abrufbar.

Käppelestraße 10 · 76131 Karlsruhe
www.infoverlag.de

ISBN 978-3-88190-565-7

Inhalt

Vorwort

Bernd Siemers ist ein waschechter Karlsruher; von denen es nicht mehr allzu viele gibt. Er ist in der Südweststadt geboren und dort ist bis heute sein Lebensmittelpunkt. Er ist damit immer östlich der oi/ai-Linie geblieben, im Gegensatz zum Schreiber dieses Vorworts, der westlich dieser Linie geboren wurde, dort noch lebt und „zwai waiche Aier in eine Raih" stellt.

Aber gemessen an der Tatsache, dass es nicht mehr allzu viele Karlsruher gibt, die diese Sprache überhaupt verstehen, deutlicher, diese Dialekte und Dialektformen nachvollziehen können, ist das nur ein Klacks. Das Anliegen von uns beiden ist es, zu helfen, dass dieser heimatliche Klang nicht gänzlich verloren geht.

Zu diesem Zweck hat Bernd Siemers schon zuvor ein Wörterbuch für Nichteinheimische geschrieben mit dem hinweisenden Titel „De Karlsruher uff d'Labb guggt". Nach dessen Lektüre ist den einzelnen „Gschichtlen" viel leichter zu folgen. Freilich, man braucht als Nicht-Karlsruher schon etwas Geduld, bis man sich eingelesen hat, denn der Autor kennt keine Kompromisse, wenn es um die phonetisch deutliche Wiedergabe geht, ähnlich wie der rigorose Fritz Romeo, der vor mehr als hundert Jahren in Karlsruher Mundart schrieb. Die heutigen Wahrer unserer badischen Sprache sind da etwas angepasster in der Ausdrucksweise, wie zum Beispiel das große Vorbild Harald Hurst.

Bernd Siemers ist phonetisch viel deutlicher, und er kann als Ur-Karlsruher die Wandlungen in der Stadt nachvollziehen und wiedergeben, wie beispielsweise Rappenwört aus der Sicht eines alten „Rabbelegängers" oder die heutige Straßenbahn, gemessen an der alten „Elekdrisch", oder die „Kaiserschdrooß", erlebt als neue Kaiserstraße und den nagelneuen Zoo aus der Sicht eines alten Zoogängers, der noch wusste, wer die Hauptattraktion unseres Karlsruher Zoos war, nämlich ein einziger Elefant, Molly, der im Krieg verstarb.

Aber auch sonst probiert der gelernte Lehrer und später auch Rektor seine „Karlsruher-Deutsch"-Mundart an vielen Kuriositäten unseres täglichen Lebens aus. Und er deutet auch an, wie sehr die Kalsruher, wie auch die gesamte badische Mundart, noch heute von Gallizismen, d. h. eingedeutschten französischen Begriffen, durchsetzt ist.

Ich wünsche allen Lesern, zunächst den Karlsruhern, vor allem aber solchen, die es noch werden wollen, eine amüsante Lektüre in unserem heimischen Dialekt, der wie alle Dialekte Teil eines Heimatbewusstseins ist und prägen soll.

Ihr Gerhard Seiler
Oberbürgermeister der Stadt Karlsruhe i. R.

Dank

Bedanken möchte ich mich an dieser Stelle in erster Linie für die Formulierung des Vorwortes. Herr Professor Dr. Gerhard Seiler, der Oberbürgermeister unserer Stadt i. R., hat mich wie ein Doktorvater begleitet, ist mir stets mit Rat und Tat zur Seite gestanden. Nichts war ihm zu viel, um für mich und dieses Büchlein das Beste zu erreichen. Nochmals vielen herzlichen Dank.

Gedankt sei aber auch meiner Frau Eva, die mich in der Zeit des Schreibens ertragen hat und mir immer weiterhelfen konnte, wenn es nicht mehr weitergehen wollte.

Hartmut Schmidt und Petra Roth waren mir unersetzliche Helfer bei der Gestaltung des Titelblattes sowie den angefallenen Schreibarbeiten.

Dank aber auch an die, die mich in vielen Gesprächen erst auf manche Idee oder Formulierung gebracht haben; und an Martin Noth und meine Enkelin Lara Müller, die mir in Zeiten höchster Computernöte allzeit größte Hilfe waren.

Schlussendlich mein Dank an Thomas Lindemann und die Mitarbeiter des Verlages, die es ein zweites Mal mit mir gewagt und mich geduldig begleitet haben.

Karlsruh, viel vor un viel dehinner

Kommsch du nach Karlsruh, mit em Zug oder a mit em Auto, aus Richdung Side, dann verschehsch du, warum es haaiße dut, viel vor und viel dehinner. Vor em Bahhof nemmlich un dehinner. Also im Side, also dehinner, viel Audos, viel Omnibus, viel Verkehrschaos Un dezu noch viel Erdhäufe, viel Sandhäufe, viel Schuddhäufe. Un kurz bevor mer zum Angdree, derre neie Unnerfihrung komme dut, werds noch viel schlimmer. Viel verfallene Häuser, umgebbe von erre verkommene Grinalag, drum rum e kappudigs Mäuerle. Also wirklich kaain Abligg fir Gäscht. Gehsch du nach Norde aus em Bahhof, sehsch du bledzlich, warum sich Karlsruh a Radlerschdadt haaiße dut. De ganz Bahhofsbladz, also devor, veruschdaldet von kreiz und quer abgschdellte oder a grad nagschmissene Dreddkawes. Also viel Ruine und viel Schuddhäufe dehinner, viel Schroddhäufe und Dregghäufe, von dem Faschdfudlade, devor. Also rundum en saumäßige erschde Eidrugg von unserm Schdädtle. Also ich schdell mer die Visitekaard von erre Schdadt, mit viel vor und viel dehinner, e bissle viel annerscher vor. Viel weniger devor und viel weniger dehinner wär do wirklich viel meh.

Immer hinnerher

Kaum gebore, de Zeit hinnerher.
Beim Laafe lerne, de Händ hinnerher.
Dann deinere Mudder hinnerher.
Schbäder eme Balle hinnerher
Beim Kigge em Schbielfihrer hinnerher.
Im Schbiel em Gegner hinnerher.
In de Schul de gute Note hinnerher.
Ball dann amol de Mädle hinnerher.
Als Soldat de Fahn hinnerher.
Im Gschäft em Geld hinnerher.
Vielleicht mol de Schdrooßebah hinnerher.
Also immer en Schridd hinnerher.
Nur uffm Friedhof, geht's dir hinnerher.

Unser Schdrooßebahn

Friher bisch mit de Elekdrisch gfahre, des ware noch Zeite! Vorne isch de Wagefihrer gschdanne, un durch de Wage hat sich de Schaffner gedriggt. Uff de Bruscht e länglichs Metallkäschtle mit de Fahrschei. Am Girdel des Wechselgeld, in eme Druggtaschdegeldverdaailer, schee fei säuwerlich sordiert, in jedem Reehrle e annere Art von Minze. Zum Entwerde hat er en digge blaue Farbschdift ghat un schbäter dann, e Schdembele. Ja so wars, un dann hat er nadirlich a noch gfroogt: Wer noch zugeschdiege? Oder: Jemand ohne Fahrschei? Dezu hat er noch an jedere Halteschdell ausrufe misse, wo mer isch, z. B. Koolpingbladz! Denoch hat er, wenn alle drinn ware, abgschellt zum Weiterfahre oder grufe, hinne ferdig!

Des isch jedzerd nadirlich alles Schnee von geschdern. Schaffner gebts nimeh, nur noch de Wagefihrer, mit dem derfsch aber a heit noch ned, während de Fahrt, schwädze. Der schdeht a nimeh, der hoggt vorne in erre von allene Seite verglaste Saunakabin, dass er ned friere dut un de dodale Durchbligg habbe dut, un von allene gsehe werre kann.

Schdatt dem Schaffner schwädzd heit aaine aus em Lautschbrecher, wie zum Beischbiel: Nächschder Halt, Schdarkschdrooß, der Wage hält nur bei Bedarf, saumäßig perseenlich halt, so e Lautschbrechere.

Friher sinn die Bahne dann langsam losgfahre, un uff de lange Gerade, bei Heechschtgschwindigkaait, henn se dann so en Hiftschwung beim Fahre ghat, mer kennt a sage, sie sinn do so de Schiene entlang g'aaiert. Un in de Kurve, do henn se gequietscht, zum Gottserbarme.

Des isch heit nadirlich was anneres, wenn so en Großraumwage an de Haldeschdell flott von unne naus beschleinige un abpfuse dut.

Schnell, leis, do aaiert nix meh, die glaaite, jo schwebe fascht ibber d'Schiene. Nur in de Kurve, do quietsche se heit a noch e bissle. En Sauverkehr heitzudag, Ample, Fußgängerzon un noch Fahrschei, maain nadirlich Beferderungsberechtdigungsschei, verkaafe, e Mords Belaschtung fir die Wagefihrer. Nur waarde misse se an denne Ample so gut wie nimeh, do hat de frihere Oberschdrooßebahwagefihrer Ludwig scho defir gsorgt, erschder die Elekdrisch, dann de Linjebus, dann noch e Elekdrisch, dann de Individualverkehr, des haaißt: du mit deim Audo. Un an denne Brennpunkt, wie zum Beischbiel Albtalbahhof, do schdehsch dann un zuggsch mit em Gasfuß, un hinne bloosch de Dregg naus. De Modor kannsch jo ned ausmache, weil jo ned waaisch, wanns weidergehe dut.

Ob des so umweltfreindlich isch? Aber de Fahrplan, des isch de große Zwang, schdell der vor, du hoggsch in derre Bahn drinne un verbasch, wege so me Audo, dein Zug!

Jedzerd schdeige mer ganz aaifach mol in aaine ei. Ha, scho viel bequemer wie friher, wenn se der beim Eischdeige noch e Driddbreddle entgege schiebe dun.

Halt, mer henn jo noch kaain Fahrberechdigungsausweis! Schdatt, aaimol Entefang bitte, zum Schaffner, schdehsch jedzerd vor so me große Kaschte an de Haldeschdell un lesch erschtmol, aai Zon, zwaai Zone, City, Familje oder Regiokaard un was es sonschder noch alles gebbe dut. Dann, welcher Knopf oder welche Tascht muss gedriggt were?

Dann suchsch Klaaigeld. Hasch ned. Na musch zerschder wechsle lasse – macht de Audomat a, wenn er ned grad hi isch. Jedzerd hasch welches, wählsch dei Fahrziel, dann daailt der de Audomat im Guggfenschterle mit, was du zahle musch, wenn du die richdig Farb gnomme hasch. Du werfsch ei un waartsch gschbannt, ob was rauskomme dut, un uff Bling, spuggt er dei Kärdle unne, in derre Kaardelabb raus.

Also nix wie nei jedzerd, in die ibernächscht Bahn nadirlich, denn bis alles verschdanne ghat hasch, isch e Weile rumgange. Aber a des henn se scho verbessert, in manchene

Bahne kann mer jedzerd drinne sei Kärdle kaafe, aber ich hab do die gleiche Problem beim Fahrscheirauslasse wie drauße.

Bevor dann eischdeige kannsch, musch noch beachte, dass, wenn zwaai Linje uff aaimol akomme dun, die zwaait immer hinner de erschde halte dut! So isch's in de BNN gschdanne.

Defir hasch farbige Polschdersidz in Zwaaierraaihe, nur heb de jo glei fescht, wenn drinne bisch, sonscht fliegsch uff dei Rotznas, wenn die wegbeschleinige dun.

Halt, sofort entwerte, des haaißt du musch dein Schei widder in de Schlidz von erre Maschin schdegge, un widder uff Bling, isch die Uhrzeit druff druggt worre.

Gmitlich, un sauber, aber e Hitz im Sommer in denne Kärch, un, also ich kann eich sage, e Liftle zum Schneide. Sämtliche Wohlgeriche aller Länder veraainige sich!

Hinner mir, der muss grad e Knoblauchkur mache, en annere kommt grad vom Schaffe oder a ned, an de Klaaider kannsch jo des heit nimeh ubedingt feschtschdelle, un riecht nach Männerparfüm, nach Schwaaiß wie en Zwibbelsagg. Die vorne dra, die muss grad beim Douglas e Bad in de Probierfläschle gnomme habbe. Dann isch do noch de Duft vo me Döner un e Fahn von mineschdens zeh Bixe Bier.

Dann schdeigt a noch aainer ei, un hat noch sein Rotzkocher in de Labb.

Also ich kann eich sage, e Kombination infernale. Fenschder zum Uffmache so gut wie kaaine, un des aaine klaaine, wo uff isch, des macht jedzerd a noch aainer zu, dass er kaain Hoorschbitzekardarrh griege dut. Do sehnsch de grad nach de Zwangsentlifdung an de nächschde Haldeschdell.

Des scheint mer e bissle verbesserungswirdig zu sei!

Wenn nemmlich im Winter noch de Gruch von de feichde Klamodde dezu komme dut, un die Fenschder agloffe sin wie in erre Waschkich un alles iberhaaizt isch, des isch also ned vom Feinschte.

Aber ansonschte muss e scho sage, es flutsch alles wie gschmiert un wo mer jedzerd iberall nafahre kenne dut!

De neischde Schraai isch jedzerd noch de Bischdrowage, do kriegsch manchmol a en Kaffee aus de Blaschdigtass un e uffgwärmte Brezel. Zwische Menzinge un Büchig nemmsch dann en Kaffee, nur wenn der widder aus der raus will, dann hasch kaai Schaas, entwedder du nemmsch den Kaffee mit nach Karlsruh oder du musch ausschdeige. Neierdings gebbts jedzerd aber a aain mit Klo.

Schdellt eich mol vor mer hätte noch des U-schdräbble griegt. Glei damols wo mers erschde Mol henn abschdimme dirfe? Schdatt die in Schduttgart, en Unnergrundbahhof, ja dann wärs aaifach nur Schbidze!

Iberleg der mol, von Pforze ibers Gensribeland in d'Pfalz, oder vom Schwarzwald, aus Bade-Bade, bis nuff zu de Schbargelbäuerle in Hochschdette, also aaifach aaimolig, gell!

Des isch scho was, des macht was her! Im Augebligg wisse mer jo was mer griege. Aain Daail fahrt im Unnergrund in die Inneschdadt, also ins Zentrum. Die annere fahre durch die Kriegschdrooß, oberirdisch. Des nennt mer Kombilösung. Also fer jeden un von jedem: e bissle. Haubtsach aber isch, es dut sich mol endlich ebbes.

Aber langsam glaabe e, mer erlebe des nimeh!

De Beipaggzeddel

Also, ich hab Kopfweh ghat, do hat's ghämmert un klopft, hätsch grad maaine kenne, du hasch e Bergwerk im Schäddel. Ich hab jo was gege die Farma- und Giftgasfabrikante, aber in meim bsonnere Fall hab e denkt, hopfsch halt ibber dein Schadde, gehsch in die Abodeg un kaafsch der halt was, denn so ischs jo ned zum Aushalte.

Also ich hab dann aains von de bekanndeschte Schmerzmiddel gnomme, mit nur aaim Wirkschdoff, sore Seire aus, aus ..., ach ich waaiß ned was.

Hab e nadirlich ned verschdanne, aber ich sag mer, du brauchsch des jo a ned verschdehe, sonnern dein Körber, besser dein Kopf, dut des merke, was die Seire mit em vorhabbe dut, nemmlich mich von de Schmerze befreie.

Dehaaim bin e nadirlich scho e bissle neigierig gwese un hab denkt, bevor du jedzerd e Tabledd nemme dusch, lesch halt vorher mol die Gebrauchsaweisung, maain die Verbraucherinformation, also de Beipaggzeddel.

Also den Zeddel raus, obbe nochmol de Name, de Herschdeller, des isch bei vielene unnödige Middel, die, wo mer so schlugge dut, der, dem se am maaischte helfe dun, nemmlich dem, am Geldbeitel.

Aber dann isch's scho losgange.

Wirksame Beschdanddaailer, wie gsagt die Seire do, A ..., ach ich hab's doch vorhin scho ned lese kenne. Aber was soll denn des bedeite: Wesentliche ned wirksame Beschdanddaailer: Kaaine.

Also wenn do nix drin isch, wirkt's a ned!

Oder sagt mer zum Beischbiel bei me Rezept fir en Kuche, ned dezu gheerende Zudate: Kaaine?

Also ich waaiß ned.

Dann die Awendungsgebiete; endlich, bei middelschdarke Schmerze, zum Beischbiel Kopfschmerze, also gut hab e denkt, middelschdark, nemmsch halt zwaai.

Aber dann isch's losgange, du kannsch's ned glaabe. Gegeazaaige, also ned awende, also schlugge, bei gleichzeidiger Einahme von irgendwelche Derivate, maaine die vielleicht Schnaps?

Oder bei Glukose-Phosphat-Dehydrogenase-Mangel oder bei Übersensibilidät gege die Seire do, ned in de Schwangerschaft oder a bei Mage- oder Darmbeschwerde.

Des Gleiche dut gelte, wenn du allergisch bisch oder e Syndrom hasch.

Ich war scho dotal ferdig, do hab e dann noch glese, was e alles kriege kann, wenn e des Zeig einemme du.

Teerschduhl, Magebludunge, Bludverluscht, Schwindelafäll, Nesselfieber un so weiter un so weiter.

Dann sinn noch die Wechselwirkunge mit annere Arzneimiddel komme. Do werre manche erhöht, un annere werre verminnert. De Arzt soll der Aweisung gebbe.

Mensch, ich hab doch bloß Kopfweh!!

Am Schluss sinn dann noch allgemaaine Agabe komme.

Kopfschmerze kenne a durch Bewegung an de frisch Luft gebessert werre, brife se immer zerscht diese Meeglichkaait.

So hab es dann a gmacht, obwohl die Proschtaglandine mei Schmerze ausglöst henn. Schdimmt, vom viele Proscht sage, sinn se jo komme, un die Schmerze werre von dem aainzige Schmerzwirkschdoff, derre Seire do, wirkungsvoll ghemmt un aerkannt un gut verdräglich bekämpft. Also ich waaiß ned! Was isch denn jedzerd richdig?

Was kriegsch denn do erschd, wenn du was einemme musch, wenn du wirklich krank bisch? Mit derre Froog hab e me dann so lang bschäfdigt, bis e fascht neies Kopfweh kriegt hab.

Bei de Sidzung

Mensch, wenn do so sidze dusch, uff eme fremde schdille Örtle un hasch was zum Lese vergesse, was machsch en do, wenns halt e bissle länger daure dut? Bläddle an de Wänd zähle isch kaai Lösung. Also weider fort weider.

Also guggsch mol, was kennscht denn schdudiere?

Also gut, jedzerd guggsch mol, was es denn do fir Klobabier gebbe dut. Glei nach em Krieg haschs do nadirlich aaifacher ghat. Wenn die Zeidung nemmlich ordentlich zsammegschnidde war, wo do in Bläddlen uffm Nagel ghangge isch, hasch glei e ganze Seit zamme ghat. Aber des war geschdern.

Mit Blimle, farblich zu de Wandbläddle bassend, aaifach, dobbelt, dreifach, vierfach fir Lädies, superwaaich oder a mit Aroma, vor em Benudze nadirlich.

Manches isch aber a wie Glasbabier, manchmol ischs a Riseiklingbabier, also scho mol gebraucht. Do sidsch dann un iberbrifsch des mol alles.

So e Klobabier lasst nadirlich a e bissle Riggschliss uff de Klobsitzer zu, von iberempfindlich, supersoft ibber sparsam un geizig, zu uempfindlich un gfihllos.

Des Schlimmschte von allem isch nadirlich, wenn du do scho sidze dusch un ... un dann musch bledzlich feschdschdelle, es isch gar kaains do. Jedzerd kommsch aber zusätzlich ins Schwidze. Na ja, mehr brauch e jo do dezu wohl ned sage, war vielleicht jeder scho mol in so re Siduation, un wenn ned, dann kann e nur winsche, es bassiert der nie. Also alles hat jo im Lebe zwaai Seite, nurs Klobabier nadirlich ned.

Scho beim Eikaafe hasch do so dei Schwierigkaaite, acht Rolle in eme Blaschdigsagg, uhandlicher gehts jo wohl nimeh zum Transbordiere, vom Lagere dehaaim will e jo gar ned schwädze, oder gehn bei eich me als drei Rolle in des Ding, in den Babierbehälter, nei? Also jedzerd aber zrigg an de Ort vom Gschehe.

Do gebts also Luxusexemplar mit Aaigeschafte, die wo uff derre Verpaggung ganz genau agebbe sinn. Sache gebts do, schdehn do druff, die kannsch kaum glaabe, von verschdehe wolle mer jo scho gar ned rede.

So sanft, so sauber, ha, des wolle mer doch hoffe, vierlagig, a gut, bsonners waaich, a gut, reißfescht, immer noch alles klar, aber mit luftgepolschdert, do hab e mei Problem. Isch des denn mit Ärbäg oder Knautschzon?

Aber es geht noch weiter. 137 mm Läng, 98 mm Braaite, a noch in Ordnung. Aber wie soll mer des verschdehe: Reißfeschdichkaait längs, agebbe in groß N gleich 18. Wie mer des wohl berechne dut? Es dut mer laaid, wenns reißt, reißts.

Alderle, jedzerd noch ebbes ibber die Bruchdehnung, a längs agebbe, also uff de 187 mm Seit, berechent in 15 Prozent. Des scheint mer a mehr ebbes fir Fisiker, als fir WC-Bnutzer, zu sei.

Halt, noch ned ferdig, a de Hilsedurchmeser, des maaint des was ibrig bleibe dut, wenn des Babier aus isch, werd mit klaai d = 37 mm agebbe. Mit Sicherhaait e ganz wichdige Aussag, von greeschder Bedeitung fir den, wo des Babier brauche dut.

Fir die Ufflösbarkaait von dem Babier werre 100 sec agebe. Aber ich will doch ned mit em bade, wozu aaim nadirlich die vorledscht Agaab vielleicht verlaaite kennt.

Wasseruffnahm 330 g pro Kwadratmeter, des haaißt ibber en viertel Liter Wasser pro Kwadradmeter.

Vielleicht kann mer mit dem Babier a in de Rege schdeh?

Am Schluss noch de Perforationsbruchwidderschtand. Was den so wichdig mache dut, verschdehe nadirlich a ned. Von Bedeidung wär vielleicht de Fingerdurchbruchskwotient, aber der isch ned agebbe.

Es Wichdigscht isch nadirlich, es isch immer gnug do von dem Hygienebabier.

De Großbudz

Die dunkel Johreszeit isch jo jedzerd endlich vorbei. D'Sonn isch widder länger zum sehe und scheint un schdrahlt durch d'Fenschder. Aber ach Gott, wie sehn denn die bloß aus? Ob des die Budzwidig, die Fra Saubermann von gegenibber, vielleicht die ganz Zeit scho gsehe hat? Do wär e schee blamiert. Dann waaiß es die ganz Schdrooß! Des verzählt die doch iberall rum! Jedzerd verschdeh ich a, warum die neilich, wo ich se beim Eikaafe droffe hab, bledzlich midde im Satz uffgheert hat mit em Schwädze, un alle im Lade mich so komisch aguggt henn, un alle en Schridd zrigg gange sinn! Also d'Sonn bringt es an de Dag! Des helle Licht, uverschämt! Also net nur die Fenschder. Also des isch jo meh von auße, vom Ruß von denne Kamin, kann mer jo im Winter wege de Kälte gar net budze! Aber du kannsch wirklich kaum meh nausgugge! Nadirlich a net neigugge, also des hat die bschdimmt gsehe un ihr beese Gosch laafe lasse! Naai, naai, net nur d'Fenschder, naai a ibber de Haaizkörber, do isch alles schwarz, na ja, sage mer mol so dunkelgrau. Un a uff denne Regal, Also ich hab jo wirklich regelmäßig, aber do kannsch du datsächlich iberall Sau schreibe! Dann hab e mol so ganz sachde, also ganz vorsichdig, ibber die Bicher gepuschdet. En Sandschdurm isch faschd en Dregg degege! Aai Gligg, dass die anner von gegenibber des ned sehe kann!

Also ich mach jo regelmäßig Großbudz, Oschdere, Pfingschde, vor em Urlaub, 's kennt jo aainer, so lang mir fort sinn, d'Wohnung kondrolliere! Vor Weihnachde un nadirlich a zwischedrin, wenn jemand zu Bsuch komme dut! Un a wenn sich mol d'Verwandschaft agsagt hat, 's kennt jo aaine, so aus ganz Versehe, mit em Finger ibber de Dirrahme oder en Bilderrahme fahre! Wenn do aaine findig werre dut, dann isch's bassiert. Do haaißt's dann glei, wie seht's denn bei derre erschder uff de Schränk oder gar hinner de Schränk oder unner de Neschder aus? Also do fihlsch de dann wie e ..., aber des isch jo e sauberes Viech degege! Also die Sonn, ich kennt se grad! Ach du liebe Zeit, do hat's jo a iberall runde Egge! Un dann in de Sonneschdrahle, ja faschd so wie Kondensschdraaife am Himmel, nur halt bei dir im Zimmer, aus Schdaub! Also des muss mit denne Atomversuche von friher un nadirlich mit derre Umweltverschmudzung zum dun habbe. Also so was hat's doch bei mir noch nie gebbe? Wer waaiß, was die do alles in d'Luft gebloosse henn!

Egal was es a isch, do muss schnelldens ebbes bassiere. Wenn ich des meim Mann verzähl. Sehe dut er's jo e ned, un von helfe wolle mer jo gar ned rede. 's Heechschde isch jo scho, wenn er sei Rasierschaum mit seinene abrasierte Schobble nunner schbile dut. Oder, im Klo kennte mer a mol widder. Wer isch denn do aaigentlich de „Mer"? Un dann noch die dumme Schbrich. Verschdehe kennt er des jo ned, bei denne vielene Hilfe, wo es doch do heit im Haushalt gebbe dut, er dät des doch im Fernsehe immer gezaaigt kriege! Des macht sich jo alles wie faschd von elaai. Des isch alles e Froog von de Organisation un von de Auswahl von de richdige Arbeits- un Budzmiddel. Denk doch bloß mol dra, wie mei Mudder sich do noch hat quäle misse, do hat's die ganze Middel un Helfer noch ned gebbe, die hat alles noch von Hand un uff de Knie!

Also Bese, Kehrschaufel, Kehrwisch, Schdrupfer, Bohnerwachs, Blogger un Budzlumbe.

Bei dem Schdichword Budzlumbe erinnert er sich an die Froog, warum denn schwäbische Hausfraue kaai Schdrings als Leibwäsch drage dun? Ganz aaifach, weil mer aus denne Schnirlen kaain Budzlumbe mache kann! Un lacht sich halber dot. Des budzt sich doch heit alles wie von selber! Du hasch doch des Andischdaubduch „Wisch un Weg" un a noch den „Andiduschtwedel" aus Schdraußefeddere! Do geht des alles wie von elaai, grad so im Vorbeilaafe! Ned vergesse dirfe mer nadirlich den selbschdfahrende Schdaubsauger. An d'Schdeggdos agschlosse, saugt der schdundelang uverdrosse! Un dann kommt a noch so en Kerl ins Haus un budzt so sauber, dass mer sich drin schbiegle kann. Des geht alles wie von selber heit, un dann isch do jo a noch der Wischmop, den wo mer nimeh ausdrigge braucht, bloß noch so neidrigge! Un kaai Hausfrauehänd meh, kaai Schrunne meh, weil die jo vom Schbilmiddel glei weggepflegt werre dun!

Also ich sag jedzerd besser nix. Ausgrechend der, wo z'faul isch mol e Kloberschd in d'Händ z'nemme! Wahrscheint's isch des unner seinere Wirde! Hätt ich doch besser de Mund g'halde un mich uff mei uraaigenschde Uffgabe konzendriert, ihm immer hinner her räume. Bis er dann mol in erre Awandlung von gaaischdiger Umnachdung gfroogt hätt:" Schatz, kann ich der vielleicht was helfe?" Un wenn er dann den Schdaubsauger in d'Hand nemme dut, zerschder mol e halbe Schdund des Kabel entwirre un richdig uffwiggle dut, un dann noch viel Zeit demit verbringe dut die Birschd zu enthoore un s'Wichdigschd, des Schdaubsauge, nemmlich do debei, dodal vergesse hat. Maaine dut er abber, Wunner waaiß, was er alles gmacht hat! In derre Zeit wär aaikaaft un Fenschder budzt gwese.

Ich hab jo a noch e Zwaaitbeschäfdigung, so en klaainer Halbdagesdschobb, wegge unserm große Audo un iberhaapt, dehaaim falld er der doch sonscht nur d'Degg uff de Kopf, maaint er.

Beim Budze habbe dann in de Ridz vom Sessel e aldes Zwaaimarkschdigg gfunne, also Euro henn mer jedzerd seit wann? Abber alles riecht widder frisch, die von gegenibber hat a gsehe, dass e d'Fenschder budzt hab, un mein Mann wird sich a freie! Abber do hab e me gedeischt. Des aainzigscht, was der gfroogt hat, war:" Bleibt der Budzaaimer jedzerd aaigentlich immer vor de Dir do schdehe? Un willsch mit dem Bese noch was fege oder noch e Runde ums Haus fliege?"

De Arztbsuch

Sinn Sie scho mol an eme Wochedag un zu de Schbrechzeite, also nach de achte und vor de viere middags krank worre? Ibrigens: Henn Sie schon ihren Arzttermin gebucht? Gsunde gebts nemmlich ned, Sie sinn nur ned richdig unnersucht.

Bei mir nadirlich, middl in de Nacht, der linke Fuß wie eigschloofe un im rechte so e Musgelzugge, also so e Aaigelebe, wie wenn der nachts um drei scho uffschdehe wollt. Also der Linke waaiß ned was de Rechte dut. Dann isch a noch mei Fra uffgwacht. Ob sich denn bei mir im Bett ebbes rege dät? Also der linke Fuß will schloofe un de recht in Turnschtund. Oh, dann isch jo links alles wie immer, un ich dät me jo nur wohlfihle wenn e me ned wohlfihle dät! Dreht sich um, lasst me elaai mit meinene zwaaierlaai Fiß un sagt noch: Zähl langsam bis drei, dann schloofsch a widder ei.

Ich hab dann vorsichtshalber bis em halber Achte durchzählt. Vom ärztliche Notdienscht hab e Abschtand gnomme. Do waaisch jo nie, ob vielleicht en Ohrearzt komme dut. Ich hab me fir en Internischt entschiede, en Facharzt fir Innereie von A–Z, also von Anus bis Zung. Der iberprift en Leberkranke uff „Herz un Niere“.

Hab dann mol vorsichtshalber baaide Fiß gwäsche, frische Socke un Unnerwäsch, mer waaiß jo nie! Ich hab me dann uff de Weg gmacht, telefonisch mach e nemmlich nix meh, so von wege: Sie rufe außerhalb von unsre Schbrechzeite a, oder, Sie befinde sich in de Warteschlaaif, bitte halte Se die Verbindung fescht.

Friher bisch jo zum Dogder, wenn mer sich ned wohl gfihlt hat, un der hat dann gwisst warum. Heit musch jo wisse warum du de ned wohl fihlsch, sonscht waaisch du jo ned zu welchem Arzt du gehe sollsch. Die Medizin, die isch heit so schbezialisiert, dass mer die Dogder wechsle muss, wenn aus eme Schnupfe en Huschde werre dut.

So manche Praxis sollt mer besser Theorie nenne. Wie schnell isch nix bassiert oder vielleicht sogar en Aesculapsus.

Drei nach de Achte bin e am Trese gschdanne, als Achter in de Raaih, un im Waartezimmer sinn a scho achzeh Krankeschei gsesse. Hinner derre Thek, die Kundedienschtberaterinne. Die Schbrechschtundehilfe oder a Arzthelferinne. Die Hüterinne vom Telefon! Die Herrinne vom Terminbuch! Do wird entschiede, ob un wie krank du bisch, un wann du dra bisch! Zwaai unnerhalte sich ibber franzeesische Fingernägel. Also körperliche Awesenhaait bedeutet noch lang ned Gaaischtesgegewart. So nach dem Moddo: Mach dochs Licht a, ich heer jo gar nix!Die Dridd kassiert die 10 Euro Eidriddsgeld un vergebt Termine. Arg krank kenne die vor mir ned gwese sei, alle en Termin so in sechs bis acht Woche, defir aber um siebene morgens un nichtern.

Dann ich, Sie haaiße? Ware Sie schon mol bei uns? Ihr Kärtle? Ich hab gsagt: Siemers! Naai! Privat!

Die medizinisch- technisch Assistentin hat sofort den Grad von maainere Erkrankung feschtgschdellt un hat gsagt: „Mit e bissle Waartezeit kann ich Se noch eischiebe. Was fehlt uns denn?“ „Fehle dut mir nix, aber habbe du e was!“

„Nemme Se doch bitte Platz im Waartezimmer, des isch dort, wo die viele Zeitschrifte liege dun.“ Also viel gschwätzt isch a nix gsagt! Ich konnt grad noch dem Gschbräch von denne beide Dame folge, warum denn die aaint zwaai Ärzt habe dut. Ha, den aainte wenn e krank bin, un den annere, wenn mer was fehle dut!

„Herr Siemers bitte!“ Die Köpf gehn hoch! Warum der scho un ned ich, der isch doch lang nach mir? Also, von Waarteebene aains, in Waarteebene zwaai. Platz nemme vor dem Schbrechzimmer. Dann abber: „Henn Sie scho Urin?“

Also Behandlungsebene aains. „Uff em Klo bitte!“ Also, wo denn sonscht? Also der Sammler, kaain Aaichschdrich. Un links vorbei, un rechts vorbei, aber des isch jo schdadisdisch gsehe, im Durchschnitt a gedroffe. Ich hab dann den Becher zu denne annere Schnabeltasse uff die Thek gschdellt. Un noch schnell die Schbarsau gfiddert, so, dass es jo a alle Helferinne gsehe henn. Zwischedurch Telefonberatung. Hallo Herr Schmitt, Schmitt Eugen gell, Karlschdrooß 119, naai, kaain Zugger, kaai Cholesterin, nur d'Harnsäure leicht erhöht. Also alles negativ, also fir ihn positiv un alles sehr diskret halt, dass es jo kaainer heere dut.

Dann Behandlungsebene zwaai, also nei ins Zimmer, un mache Se sich scho mol frei obberum! Also ich hab's doch unnerum. Un iberhaapt, ziege Sie beim Schuh kaafe a scho vor em Lade ihr Schuh aus?

Dann kommt er! Von wege Halbgott in Weiß! Rosa Hemd von Lacoschte, Angora pectoris, also de Pullober unnerm Hemdle, also so e Art Bruschtfell. Barfißig in Laatsche von Birkestock. Halbe Brill uff de Nas! Obbe ich, unne Karteikaart. Was fihrt Se zu mer? Wo fehlts uns denn? Wie gehts uns denn? Also, wenn mer's gut gehe dät, denk e, dät mer nix fehle un es dät me a nix do herfihre!

Bevor e was sage kann, en leichter Hammerschlag unners Knie. Es zuggt! Aha, „anxietas tibiarum“, also uff deitsch, „restless-legs Syndrom“! Kaai Sorg, mit medikamentöser Therapie erraaicht, mer „Restistutio ad integrum“, also Widderherschdellung vom vorige Zuschtand!.

Oh jeh, denk e, welcher war des? Isch nadirlich a aldersbedingt. Des kann gar net sei, der Linke isch doch genauso alt wie de Rechte. Also nur wer so rede dut, dass er a verschdanne werd, redet a gut! Vielleicht sollt e mer a Akupunktur? Naai, naai, danke, ich hab dehaaim scho gnug Schdicheleie.

Also dann Rezept un neier Termin, drauße bei de Mädels, un des kriege mer alles in de Griff und weg war er!

Mensch, wie schnell kann mer sich beim Verschreibe a mol verschreibe!

Ibrigens: Henn Sie schon Ihren Arzttermin gebucht?

De Belehrer

Bisch a schon mol belehrt worre, ibber dei Rechte, iber dei Fehler, ibber des, was annere ned so mache däte oder gmacht henn, wie du's gmacht hasch, von aaim wo alles besser waaiß wie du? So nach dem Moddo: Wenn des jeder mache dät!

Also, vielleicht mit em Fahrrad entgege de Eibahnschdrooß fahre oder de Hund uffm Gehweg sei Gschäft mache lasse oder dei Dasch uff de Sitz nebbe der in de Schdrooßebahn schdelle oder vielleicht dem annere in de Schul vorsage, wo mer sinn. Die bescht Antwort wär nadierlich: Ich bin aber ned jeder! Aber Schbaß beiseit, was machsch denn, wenn de aainer ibber dei Rigglicht brennt ned oder do dirfe se aber ned parke oder vielleicht hier isch aber des Rauche verbote oder: „Sie sinn aber noch ned dra!" belehre dut?

Oder an der Kass beim Eikaafe: Bei uns schdellt mer sich hinne a, mir waarde alle bis mer dra sinn!

Do waaiß de Belehrer ganz genau, wer noch wem, un wehe mer lasst jemand, wo vielleicht nur zwaai Sache habe dut, vorbei. Wenn des jeder mache dät!

Kenne se ned lese isch a e beliebte Froog, do schdehts doch: Bedrete verbote, des haaißt, mer kriegts a glei noch vorglese, ob mer will oder ned.

Was geht des den iberhaapt a? Wenn des jeder mache dät!

Warum kimmert der oder die sich um mich, der Herr oder die Fra Belehrer? Dut's denne aaifach nur gut?

De greeschd Belehrer von allene isch aber der, wo gar nix schwädze dut, sonnern sich, bei vorgschribbene 50 km in de Schtund, sofort uff em linke Fahrschdraaife eiordne dut, un allene zaaigt, fuffzig, un kaain Kilometer meh!

Do helft nur aains: rechts fahre, hinne dra bleibe, un die annere dem de Vogel zaaige lasse.

De Lehrerausflug

Also ich war jo friher Lehrer, also ich schbrech do aus Erfahrung, bis so en Lehrerinne- und Lehrerausflug von de Theorie in d'Praxis, ins wirkliche Lebe ebe, also aus em Schulhaus naus, sich bei allene in dem Psychotop, also im Lehrerkollegium, rumgschbroche, von allene agschbroche, miteanner beschbroche, sich jeder ausgschbroche, alles unneraner abgschbroche un allene Winsch entschbroche war. Also gut Ding will ...

Aber dann henn sich alle ned verschlosse, sonnern zammegschlosse un entschlosse den Auflug gschlosse bschlosse. Aber jedzerd noch wo na, un wie komme mer dort hi?

Die wenigschte wollte zu Fuß, wege de transbirative Rausforderung un wege de Gfahr vom ned Zriggfinne zum Ausgangspunkt, in Folge von fehlende Dienschtaweisunge. Annere wollte kaai öffentliche Verkehrsmittel. Wege denne Uschdimmigkaaite, wer mit wem e Mehrfahrtekaart! Des Privatauto schtand iberhaapt ned zur Diskussion, so nach dem Moddo: „My car isch mei haailigs Blechle". E paar wollte mit Kuldur, oder Kuldur un Nadur, annere nur Wirtschaft. Manche wollte dringend den Bsuch von eme Betrieb mit eiplane, um so die Koschte fir des Mittagesse eizuschpare.

Um des also alles uff aain Nenner, also in die Lehrerköpf nei, henn mer noch verschiedene Umläuf, Abschdimmunge, Umfrooge un Gschpräche durchfihre misse, un noch manche Lischt zum Akreize im Umlaaf ghat. Selbschtverschdändlich henn mer a noch e Konferenz ghat, mit dem Thema:

„Geografisches Ziel vom diesjährige Lehrerausflug, unner bsonnerer Beriggsichtigung von didaktische Intentione un vom pädagogische Erziehungsrahme." Konferenze, also die Zwangsahäufunge von Pädagoge. Sie wisse jo, viel gehn nei, aber wenig kommt raus. Manchmol denk e, wisse se a, was se bschließe, wenn se bschließe ebbes zu bschließe? Mir henn dann e Exkursionszielfindungsteam eigsetzt. Also ich war des TEAM. Also aainer fir alle, oder a: Toll! En annere machts!

Mir henn dann en Bus gnomme um a denne, die mol gern e Achdele Weischorle drinke dun, die Meeglichkaait zu gebbe, an derre Exkursion zu partizipiere. Was aber dann unserer Grubb, die wo Kuldur, Nadur un Wandere gschiggt in aai Paket gschnirt ghat hat, bassiert isch, also ich kann Ihne sage!

Beim Daailprogrammpunkt Kuldur, Bsichdigung von erre Burg, schdehn mer vor de Kass un lese, ab 10 Persone 7 Euro, schdatt 8 Euro Eidritt.

Mir ware fuffzeh Persone, also fuffzehne sinn meh als zehne, hab e schnell iberschlage. Jedzerd sinn aber zwaai von uns sofort in die Burgschänk, denn dort war freier Eidridd. Jedzerd ware mer nur noch dreizehne, do devo aber drei Pensionär, un die koschte nur 5 Euro. Also ware mer grad noch zehne. Jedzerd isch aber noch de Kolleg Hansen-Rum zu de Bierdrinker iberloffe. Um die Zeit isch er halt nemmlich immer schbirituös rausgfordert. Jedzerd ware mer nur noch neune. Do hat de Kolleg Schnitt-Menge e glorreiche Idee: Mir kaafe drotzdem e Grubbekaart, un hat uns vorgrechent:

10 x 7 € = 70, 00 €
70 € : 9 = 7, 77 €
dann 8, 00 € ./. 7, 77 € = 0, 23 €
folglich: 23 Cent Erschbarnis

Also, vor an die Kass, un was muss e lese: Von 12 Uhr bis 13 Uhr geschlossen. Der Zugang zur Schänke ist aber weiter möglich!

Die Begrißung von unsere dort scho tagende Kollege. Wer lang knausert, den bschdrooft ebe des Lebe. Mer kann sage, sie ware vom Alkohol scho schluckzessiv rausgfordert. Ich geh sofort Bier hole, un was les e? Bei Bschdellung von zeh Bier, isch des elfte Bier frei.

Also 15 Persone x 5 Bier = 75 Bier

Es ware jo schließlich klaaine Bier, un nach derre lange Wanderung, also finfe gehn scho, hab e denkt.

Also 80 Bier! Also 8 Freibier. Aainer von uns hat mineschdens 4 Bier fir umsonscht drunke. Koscht nix, schmeggt scho! Wie drinke mer am liebschte, umsonscht!

Schnitt-Menge hat uns dann schpäter noch mit erre neie Rechnung iberrascht.

Jeder von uns hat nemmlich en Burgfihrer gekaaft, Preis 4 Euro, wege de Kuldur, un um a so, denne Frooge von de Kollege schdandhalte zu kenne.

Erschbarnis zum Eidridd ohne Ermäßigung pro
Person 4 €, fir Pensionär 1 €
12 Personen à 8 € = 96 €
3 Persone à 5 € = 15 €
Also: 111 € ned ausgebbe!
dezu: 8 Freibier à 3 € = 24 €
zamme111 € + 24 € = 135 €
devo ab 15 Burgfihrer à 4 € = 60 €
macht unnerm Schdrich: 135 € ./. 60 € = 75 €
Also 75 € Erschparnis!

Nur weil mer die Burg ned von inne gsehe henn. En klare Beweis do defir, das ebbe weniger meh sei kann!

Am Bus sinn mer dann von dere Grubb, die am Programmpunkt „Erlese von Texte unnerm freie Himmel“ daailgnomme hat, sehr aaigeartig empfange worre. So wie: „Jeder sollt doch nur des, was er a verdrage kann.“

Der Kollege Beischtrich hat sofort gekontert. Lieber rutsch e mit em Fuß aus, als mit de Zung. Un alles Ugligg kommt halt durch de Mund, denn en Kluge merkt zwar alles, aber nur en Dumme macht dodribber e Bemerkung!

Bledzlich war Ruh, nur des Absinge von aaischlägigem Liedgut henn se sich dann doch verbete. Beese Mensche henn halt kaai Lieder.

Widder dehaaim, sinn mer noch in de Löwe. Die annere sinn haaim, um sich noch vorzuberaaite, so henn se wenigschtens gsagt. Was mir nadirlich, in weiser Voraussicht, alles scho erledigt ghat henn. Als aber dann de Kollege Schnitt-Menge noch mol e neie Rechnung uffschdelle wollt, ibber die Erschbarnis bei erre Mehrfahrtekaart fir 4 Persone, im Vergleich zu erre Aainzelfahrkaart, un mir aber nur siebe Persone seie, isch a die Exkursion zu End gange.

Denn wer um die Zeit noch alles verschdehe will, kann sicher nimeh alles begreife.

Des neie Telefon

Also mir henn e neies Telefon braucht, des alte war nemmlich hi. Do henn mir uns mol schlau gmacht, was es denn do so gebbe dut. Alderle, des aainzigscht was mer glei verschdanne henn isch, dass mer des heit nimeh mit ph sonnern mit f schreibe dut, Also friher hat des Wort Telefon bedeidet, dass dei Schdimm elekdromagnetisch iber e Drohtlaaidung ibermiddeld werre dut. Des hab e zwar damols a ned verschdanne wie des gehe dut, aber heit isch des Technik von geschdern!

Mir henn dann gmaaint mir henn e zu lange Laaidung oder mir schdehn sogar uff de Laaidung.

Schnurlos, drohtlos, Freischprecher! Wie soll denn des gehe? Ganz friher hat do des Frolein vom Amt vermiddeld, wenn du zu re gsagt hasch, mit wem du schwädze willsch, die hat dich dann mit dem Empfänger verschdöpselt. Schbäter hasch dann e Wählscheib un dann bal a Taschde zum Drigge ghat. Taschde hasch zwar heit immer noch ... aber was do sonscht noch alles mache kannsch, wenns verschdehe dusch, nadirlich.

Zerscht henn mer ned gwisst, was e Menü mit dem Telefon zum dun habbe soll oder was e Disblä isch.

Also, im Disblä, in dem Azaaigefenschderle, wie bei me Dascherechner, zaaigt der des Menü, die Multifunktionsmeeglichkaaite a, also des was du sowieso maaischdens ned verschdehe dusch!

So zum Beispiel die Tonrufmelodie. Friher hat des halt geklingelt. Mol lauter, mol leiser, un des war's.

Aber so war's halt friher, friher isch a en Fernmelder komme zum rebariere mit Werkzeig un so, heit kommt en Kommunikationselekdroniker un dauscht aaifach des ganze Gerät aus. So wird heit rebariert, ausdausche un fortwerfe!

Dann henn mer uns ibber die verschiedene Calls, die Kommunikations- un Telefoniermeeglichkaaite informiert, des haaißt meh informiere welle.

City call, regio call, german call, global call und jedzerd a noch love call in de Obendschdunde.

Haaißt des, du hasch dann en freecall zu so me Callgirl, wisse se, zu so me Nummeregörl, to make love, oder was?

Un wenn dann noch e City Option hasch, dann kannsch nur noch nachts telefoniere, wegerm ginschdige Tarif. Do bschdellsch dann halt aaifach um halber drei morgens dei Bier un Schbrudel. Sagsch's aaifach dem Arufbeantworter, wenn er denn aainer habbe dut.

Die Wedderkaart musch a im Kopf habbe, ob d'Sonn scheint oder a de Mond, sonscht geht nemmlich nix, beim Sunshine- oder a Moonshine-Tarif. Also wenn's regent, also wenn nix scheine dut, kaai Kommunikation! Also deitsche Schbrooch, schwere Schbrooch.

Dann isch noch des Problem mit derre Määlbox, also dem Briefkaschde dezukomme. Do kannsch dann aaim en mindliche Brief in sein Briefkaschde lege, maain nadirlich schwädze. Also henn Sie scho mol en mindliche Brief verschiggt?

Des Problem, dass kaainer dehaaim isch oder aaifach kaainer ans Kommunikationsabbarätle na will, des lösch heit mit so me elekdronische Telefonknecht, eme automadische Arufbeantworter, bitte schwädze Se nach dem Piepston. Uhaaimlich perseenlich, wenn du mit erre Maschin kommuniziere sollsch!

Wie vorhin scho beim Bier bschdelle. Der gebt der nemmlich kaai Antwort. Oder wenn du irgendwo arufe dusch, uns klappt ned glei, weil die vielleicht grad ebbes privates mache dun, dann schbielt jedzerd Musich oder es sagt jemand: Please hold the line oder a ganz international: Restez au ligne s.v.p.

Des haaißt du sollsch weiter uff, maain nadirlich in de Laaidung, schdehe bleibe.

Was ganz Bsonners isch dann noch des Telefax.

Wenn friher aainer Blödsinn gmacht hat, dann hat mer gsagt: Mach doch kaai Faxe! Heit isch des war Seriöses, du dusch dein Brief telefaxe, des haaißt fernkopiere, des haaißt ohne Briefmark uff d'Raais schigge. Du legsch en uff dei Fax, des ziegt en in sich nei, un schon saust dein Brief zum Empfänger, des Akomme griegsch beschdädigt. Nur des Komische isch, dein Brief liegt immer noch bei dir, aber der anner hat en halt a! Also die Technik!

Jedzerd war noch des mit dem „Ich-Seh-Dich-Ned"-Anschluss, so haaißt ISDN vielleicht uff Technikerdeitsch. Aber ich hab beim Telefoniere doch noch nie aainer gsehe? Den brauchsch aber, wenn du sörfe willsch im Internet, so ganz ohne Wasser un Sörfbredd. Do kannsch du dann e e-määl verschigge. Des isch meh was fir die Junge. Also mir henn dann aains gnomme. Viel Komfort zum klaaine Preis.

Also mit zum Beischbiel Babyruf. Obwohl mer gar kaains meh habbe dun. Arufschberre: fir gewisse Nummere, also kaain freecall meh. Schdummschaltung: Was des wohl isch? Mobildaail: Dass mer a uffm Klo agfont werre kenne.

Dezu henn mer e Gebrauchsaweisung griegt, in de Größ un de Digge von eme Buch, laaider ohne Englischwörterbuch, denn ohne des verschdehsch nemmlich nix.

Aber mir henn jedzerd modernschte Kommunikationstechnik dehaaim, nur isch halt zwaaimol die Hälft devo aaifach schdumm gschaldet, weil mer se ned verschdehe dun.

Die uffgräumt Handdasch

Also mei Mann un ich sinn beim Großaikaaf gwese, also nach dem Moddo aus derre Abodegerzeidung: Konsum isch positiv, Konsum isch en Reflex uff e Bedirfnis. Im Kaufwunsch schdeggt Sehnsucht, belohne Se ihr Seel. Lasse Se sich ihren Eikaaf ned vermiese. Dann misst aber ich beim Real, und er beim Bauhaus eikaafe. Nach aainehalb Schtund Bedirfnisreflex, in derre Bedirfnisbefriedigungsaschdalt, dann endlich am Band, er schdeht wie immer im Weg rum, beobachdet des Warebeförderungsgummi, dass jo nix wegkommt, un nadirlich a mich, dass e jo alles richdig druffschdell, un greift do un dort, mit de Auge, ordnend ei, un schdellt den Waredrenner, also des Blaschdigdaail do, uffs Band, rechtwinklig un mit genigend Abschdand zum Hinnermann. Es muss jo alles sei Ordnung habbe! Dann sinn mer endlich durch, jedzerd guggt er noch genau, ob ich jo alles ordentlich widder in de Eikaafswage schdelle du, schdeht dumm im Weg rum, mir reiße die zeh Pfund Grummbier fascht d'Händ ab. Er hat wie immer alles im Griff, also im Aug, also rein theoredisch so, maaint er, also viel Wind um nix. Dann die Rechnung, jedzerd kommt sein große Uffdridd. Lässig langt er in die Jaggedasch inne links, nix, dann inne rechts, nix, dann auße rechts, nix, dann auße links, nix, dann Hosedasch links, nix, Hosedasch rechts, nix, Gsäßdasch rechts, nix, halt, links isch jo kaaine, also er find halt nix, in seinere Hos. Von hinne scho komische Bligg, lange Häls, aber meh so indressiert. Dann die gleich Aktion noch emol, aber scho hekdischer, roter Kopf, fliegende Händ un Verzweiflung in de Auge. Wo hasch denn du, also ich, mein Geldbeitel na?

Und dann aus de Schlang: Solle mer suche helfe? Wirds heit noch? Hasch a genau geguggt? Isch do iberhaapt was?

Wieso eigentlich geguggt, hat der denn Auge an de Finger? Dann, Eva kennscht vielleicht du, des haaißt, er find sein Geldbeitel ned. Also ich zrigg an die Kass, von hinne, wird's bal, meinsch es klappt noch bevor's dunkel werd? Also ich mei Handdasch uff, en abgeklärte fraue-iberlegene Bligg nach hinne, also Frauepauer pur, un nei glangt, un prompt in die Hoorbirscht, un in de Finger gschdoche! Schnell de Finger in de Mund, zu schbät, schon en Blutflegg am Mantel. Von hinne: Soll e mer en Krankewage bschdelle? Mei Mann scho zabblig, weil ich jo ned, beim erschte Mol glei, den Geldbeitel gfunne hab. En Bligg so wie: Wird's bal. Denn jedzerd drag ich jo die Verantwordung fir den Geldbeitel, die lang Schlang un des gaanz langsam vor sich na schmelzende Eis. Also ich noch immer reladiv suverän, Finger aus em Mund, Drohtbirscht uff des Band, also do misst er doch sei, naai, jedzerd komme als nächschtes Tempodaschedicher, e agfangenes un e neies. Dann e Schdoffdascheduch, also a ned frisch aus de Wäscherei. Also ich, scho nimeh so ganz selbschtsicher, dann noch en Kamm, peinlich, do fehle zwaai, drei Zinke, hab e glei unner die Tempos gschobe, Bonbonsbabierle, iih, eklich, aains mit scho rundgleggter Fillung, schee klebrig, bleibt mer am Finger hängge. Ich muss lang schiddle, bis es endlich uff de Bode fliegt. Dann widder Schdimme, des isch jo e Wundertüt, dirfe mir a beim Krabbelsagg mitmache. Zwaai Eigriff hasch noch un, a e sehendes Huhn find noch lang kaai Korn.

Also ich, langsam scho völlig durchdransberiert, find noch Libbeschdift, aainer mit Deggel un aainer ohne, schee eigsandet, hab nadirlich a glei nei glangt, un mer alles ins Gsicht gschmiert. Oh, jedzerd maskiert se sich a noch! Wie bei de Indianer uff em Kriegspfad. Zwaai Kaschdanie geger's Rheima, oh, die geht heit a noch Wildsäu fiddere, un verschiedene weiße Papierklimple mit eibaute Schdaainlen.

Also Tempos mit agschlotzde Vivilreschdlen. Also von wege Wundertüt, des scheint mer eher en Bizzichbeitel, also en Dreggsagg zu sei, muss e jedzerd heere. Von wem oder was rede die denn aaigentlich. Dann widder die helfende Worte von meim Mann, ja findsch en jedzerd bal, un beifallsuchende Bligg seinerseits, wie wenn er zu ned mir gheere dät. Des isch jo umeeglich so'n Sauschtall! Do bisch jo blamiert. Ich denk, nix due isch besser als mit viel Mih nix schaffe.

Also wenns ned zum Heile wär, ich kennt em grad aaine, aber komm nur haaim, Frichdle! Also Liebe muss e Gaischdeskrankheit sei, aber durch Heirat isch se a ned haailbar. Dann noch, also oberpeinlich, so en Dinger, also so en, also Sie wisse scho, brauche mer doch scho lang nimeh. Ich wollt en schnell in d'Manteldasch, aber prompt isch er uff de Bode gfloge un devo grollt. Indressiert verfolgt von vielene neigierige Auge. Des Portmonee war ibrigens in derre Manteldasch, die, wo grad ebe noch wie zugnäht war, un den Dinger ned nei lasse wollt. Dort, wo ich en aaigentlich immer hab und nadirlich a noch offe, des ganz Minzgeld uff de Bode . Oh, zerscht find se's ned, dann schmeißt se's a noch fort, hasch zviel, gebb doch deim Mann a was. Dann hat sich meiner aus Versehe a noch nach dem Geld gebiggt, wunderbar, en Mann isch nie scheener, als wenn er vor der kniee dut. Also endlich zahlt, un nix wie naus. Schuld, dass mei Mann sich so blamiert hat, war nadirlich ich, weil mer jo, wege Reschtalkohol, mit meim Wage gfahre sinn, un er sein Geldbeitel jo immer zu seinene Autoschlissel lege dut.

Aber was soll's, firs Schuldsei, bisch jo a verheiradet, also schbaziere oder esse gehe, kannsch mit fascht jedem, abber im entschaaidende Augebligg schuld sei, des isch wahre Liebe.

Do henn mer d'Bscherung, es weihnachdet sehr!

Es froogt sich bloß wann? Friher war des immer so im Dezember rum, aber heit? Also, mir sinn do Midde September vom Urlaub haaimkomme. Do war nadirlich en Großaikaaf nödig, also, sinn mer in so e Aikaafszendral gange. In dem Lade, ich glaab zerschder ich seh ned richdig, im Regal Chrischtschdolle, Schbekulatius und Lebkuche.

Des im September, also 14 Woche vor em Fescht?

Ich gugg genauer, fehle bloß noch Weihnachtsmänner in Silberbabier. Bei denne, muss e sage, hab e scho immer des Gfihl ghat, dass die Schokladehohlkörber, jawohl so haaiße die, an Oschdere un Weihnachde die gleich Form henn, bloß annerschder azoge sinn, do als Oschderhas, dort als Weihnachtsmann. Also, ich war dotal vor de Kopf gschdoße un sag zu meinere Fra, Weihnachde schdeht vor de Dir, ich geh mol gugge ob es finne du un geh nachher mol uff de Marktbladz, ob do vielleicht a scho en Vorweihnachdsmarkt eigrichdet isch, un die Weihnachdsdekoratione scho uffghängt sinn.

Uff derre Kaiserschdrooß bin e dann schon ins Zweifle komme, denn do isch datsächlich die Dekoration, die vorweihnachdliche, ghangge, wisse Se, so Dausendlichtlesschnir: Aber die henn se aaifach hängge lasse, denn die henn jo mit Weihnachde sowieso so viel zum du, wie des Chrischdkind mit dem Oschderhas, des isch meh so e Allzweggbeleichtung firs Lichderfescht, firs Schdadtfescht oder sonscht was. Kurzum sie seht bei allene Feschde gleich aus, immer schee hell un schdimmungsleer. Aber uff em Marktbladz war dann abber also nix mit Weihnachde, isch gligglicherweis noch kaai Weihnachde vor de Dir gschdanne.

Also, do war e dann doch beruhigt un hab me zwische de Oleander uff e Bänkle nebbe de Brunne na ghoggt un hab do mol so ibber den Weihnachds- oder Chrischdkindles- oder a Schdernlesmarkt, iberall haaißt des jo annerschder, ibber Gloggeschbiel un die bal ertönend akustisch Dauerberieslung, so wie, kling Glöggle kling, in derre erwardungsfrohe Zeit nochdenkt. Alle Johr widder, komme nemmlich Ende November de Niklaus, de Belzeniggel un s'Chrischdkind, zamme uff aaimol, an allene freie Blädz, in fascht allene Schdädt, zu uns uff d'Erd.

Do isch se bledzlich vor meim gaaischdiche Aug uffgetaucht, die Hiddlesschdadt, die Bredderbudeversammlung mit Partyzelterweiderung, Tannezweig un kinschtlichem Schnee.

Die Schdehbierdisch mid eibautem Müllloch, die Vorweihnachtsgenussmiddelverkaafsschau, des Schdrooßefescht an eme Bladz, bloß halt mit Weihnachdsdekoration.

Un ibber allem schwebt so en Knoblauch-, Sauerkraut-, Brotwurscht-, Glihwei-, Vanilleknedel-, Geruchskerze,- Bier- und Pizzagruch, mer kennt a sage Gschdank. Un dann die Verkaafsschtänd, also Kribbe- un Chrischdbaumschmugg, des muss sei; aber wenn e die Schderneblinklichter in allene Farbe seh, fallt mehr scho nix meh ei. Dann noch Kochtöpf, Bese, bunte Schdaainer un indianische Silberschmugg, also do bin e dann ganz am End. Un was soll denn do noch des Schampagnerschdändle mit Frutti di Mare? Do schdehn immer die, wo's nötig henn.

Un dann seh e noch die do schdehe, wo immer am Glihweischtand schdehe, mol mit Handschuh, mol mit erre rote Driefnas, abhängig a von de konsumierte Glihwei un vom Wedder.

Also, wenn mer sich die Kribblen un Dannezweig wegdenke dut, kennt des a e anneres Fescht sei.

So an Oschdere: Aaier, Tulpe, Häslen oder dann im Sommer: Palme, Kokosniss un Cuba libre, aaifach e Dauerfescht, halt immer mit em annere Thema.

Fescht eigrichdet, mit auswechselbare Dekoratione, entsprechende Getränke un Schbeise, aaifach e Fescht fir alle Fäll, immer am gleiche Bladz.

Un ibber allem e Dauerwerbung, Weihnachde schdeht vor de Dir, vergess des Schenke ned.

Aber so sehts halt uff denne Verkaufsveraschdaltunge, mit Esse und Drinke, in unsere Vorweihnachdszeit laaider aus. Jeder will an dei Geld. Von Eischdimme uff des Fescht der Liebe kann do kaai Red meh sei. Es isch meh so e Weihnachdshischderie, vorne singt de Kinnerchor, un hinne gröle se grad, nach em zwölfte Glihwei, ich bin de Anton ...

Also fir mich wär do weniger meh, klaai aber fein, un halt e klaai bissle meh Zrigghaltung, ebbe aaifach aaifacher.

Do bin e aus meine Wachträum uffgwacht un hab de leere Platz gsehe un hab denkt, wer waaiß, manchmol sinn Dräum doch kaai Schäum, vielleicht ännert sich do was, un es kommt a de Brotapfel widder, un ibber allem schwebt en Gruch von feinem Gwirz, gebrannde Mandle, Maroni und Magebrot. Un zuglasse isch nur aain aainzige Beschallungsabbarat mit ausgsuchter bassender Musik, so ganz zrigghaltend, so ganz im Hinnergrund, so wie des derre kommende Zeit a entschpreche dät, un dass mer ganz aaifach in unserm Iberfluss des Wichtige ned vergesse dun, es weihnachdet sehr.

Ebbes

Waaisch du was ebbes isch? Ebbes isch alles Meegliche, was mer sich nur denke kann. Ebbes, des isch halt ebbes, un aus ebbes kann mer ebbes mache. Aainer wo ebbes hat un ebbes kann, der bringts zu ebbes im Lebe.

Wenn der was fehle dut, dann musch halt ebbes suche. Hasch dann ebbes gfunne, noord hasch ebbes, vielleicht a ebbes fers Herz.

Uff aaimol kriege se dann ebbes, die annere henn scho lang ebbes gmerkt. Wenn des Kindle dann schreie dut, dann fehlt em ebbes, un wenn's Hunger hat, dann kriegts halt ebbes. Manchmol machts a ebbes in sei Windle.

Schbäter dann muss des Kind ebbes lerne, do gebts amol ebbes hinne druff. Aber es lernt ebbes, es kann ebbes, es wird ebbes, es verdient ebbes, legt ebbes uff d'Seit, dass, wenns alt worre isch, a ebbes zum Beiße hat, un de Kraais hat sich gschlosse.

Machsch ebbes, kannsch ebbes, bisch ebbes un hasch ebbes. Un alles zamme ischs halt ebbes.

Nach der Idee eines Bekannten

Englisch in unsrer Schbrooch

Agfange hat des alles mit Dschuing gamm, Kaugummi, glei nach em End vom Sekend Wörld Wor, nach dem große Krieg, dezu sinn noch die Luckies un die Cämel komme, Coke, badderfinger, dschins un eisgrim nadirlich, also de ganz ämerikän wäii off leif. Do hat dann de Kalabrich in Karlsruh bledzlich nimeh Kalabrich ghaaiße, sonnern des war e off-limits-äria, verbodenes Gebiet, fir die Dschi-Ais, wege de Verschweschderung un so.

Beim feif'o clock tie oder a Finfetee, hat dann kaai Kabell meh gschbielt, sonnern e bänd, un do isch mer nadirlich a nimeh zum Danze gange sonnern zum dänzing.

Wenn ebbes in Ordnung war, dann isch's okäh, un am Wocheend hasch dann ned zum e klaaine Feschd eiglade, naai, des war oder isch dann e wiekend-Partie. Un die Schdori von so re Partie, mit open end, des maaint, du bleibsch so lang wie d' willsch, bis zum bräākfescht, Frihschdigg also, will e jedzerd e bissle verzähle, ich bin nemmlich uff aainere eiglade gwese.

Friher hätsch der dann do e paar hinner die Bind gekibbt, heit schnabbt mer do Longdrinks, des isch meh wie e Labb voll, un schwädze dut mehr do a nimeh, naai, do macht mer jedzerd smoltook.

Do werd dann vom Dschobb, also von de Arbaait, vom bänking, des bedeidet, wie schafft dei Geld, oder a vom Boss un seinere neieschde Idee gredet. Richdig gsehe isch des nadirlich alles Schnee von jesderdäi, Usinn, nonsens, was der will, aber er maaint, es isch halt ap du däit, un so pauere mers halt durch, obwohl manches scho widder aut isch, aber uff manches kommt er halt immer erschder lascht minit, aber was soll's, täik it isi, mir sinn halt ned im trend, unser teiming schdimmt halt nie.

Nebbe mir isch so en Bodigebildete gschdanne un hat die görls um en rum an seim neie After-schäv rieche lasse. Die Mädlen, manche ware faschd noch Tinäidscher, Baggfisch, henn's dann glei vom määk ap, von de bodi loschen un vom eileiner, friher hätsch aaifach Körperpfleg gsagt, ghat. Mensch, was die do so alles an sich na kreme dun!

Des nächschde Thema war dann de keerperlich Zuschdand, heit haaißt mer des Fiddness.

Die erraaichsch nadirlich ned ohne däili, tägliches, wooking, dschogging un schdretsching un in eme Fiddnesszenter, so me Musglclub, musch a member, Mitglied, sei.

Wenn dei Figur drodzdem entglaaise dut, zwängsch se halt in en boddi, des haaißt mer a Korsedd.

Un wenn gar nix meh helfe dut, geht mer halt zum Lifte, des haaißt, die Haut wird enger gmacht, sonscht basst mer nimeh in de slibb, in die Unnerhos.

Un dann nadirlich des Tennis, von de ledschde Dschörmen Open, also von de deitsche Maaischderschafde, henn se's ghat un von eme Fanturnier, des haaißt mer a Juxturnier, wenn do de Partner de Balle long lein, grad aus, schdatt kross, also quer, gschbielt hätt oder vielleicht a wollee, direkt, gnomme hätt, dann hätte mer die scho im erschde Schbiel gebrääikt, aber was soll's, es war jo dschast for fan, grad so zum Schbaß.

E ganz wichdigs Thema war dann des autfidd, des haaißt, was ziegt mer a zum Schbort, wenn mer mit em Bergrad, maain nadirlich mauntenbeik, off roods, also im Glände, unnerwegs isch. Do schbiele windbrääker, also Windbluse, un gore-tex autdoor Sache, kurz wasserdichte Klamodde, e ganz bsonnere Roll.

Nach dem allem sinn mer vor de bangalo gange, naai ned zum Esse, un henn do die Audo, die cars, aguggt, die do in eme Karport, also unner me Dächle, un erre Pergola gschdanne sinn.

Lauter for wiel dreiv off rodschder, kurz Gländewage, also Dschibb, mit ärbäg, des isch e eibaute Luftblooder, un Rammschutz, also eme Hornochseabweiser. Nadirlich glist also gliehe sinn die Kärch, do fahrsch aber dann a ned frie of täx, also schdeierfrei.

Des fahrt mer heit beim Dsched Set, bei de obere Zehndausend, des isch in, friher hätsch do rällies mit gfahre, aber es isch halt wegerm imidsch.

Wenn neie Gäschd komme sinn, sinn die nadirlich alle mit hei, hälloo, schääkhänds un kisses begrießd worre, ganz lässig, ganz kul.

Jedzerd sinn noch die Kids, also die Kinner, von de Nochbarschaft dezu gschdoße, dann hat des Barbekiu agfange. Friher hätt mer Wurscht un Flaaisch vom Roschd gsagt, un Salad un Brod dezu. Fir die Kinner hat's faschd fud gebbe, Hämburger, so gelbe Daaigaffe mit Flaaischkichle dezwische, un nadirlich a schbärribbs, uff deitsch Schälribble vom Grill. E fiiling war des, wie bei Dälläs damols. Uff derre Ränsch, also uff dem Baurehof, in de Schdääits

Donoch henn mer am Pul weitergebabbelt, des haaißt ich hab meh zu ghorchd, weil do ware gnug entertäiner, die do de tookmaschder gschbielt henn. Do hat die aaint verzählt, dass se aus lauter Langweil, en Sekend Händ Schobb for Jangschders, en Gebrauchtwarehandel mit Klamodde, schörds un so, fir Junge, uffgmachd hat. Do macht se uff Grund von ihre Konekschens, ihre Verbindunge, ned nur pinats, sonnern big mani, des große Geld also, jeden Tag full in äkdschen, aber drodzdem ganz ohne drabbl.

Dann bin e noch an e paar Kompjuder friiks, Begaaischderte, nagedabbt, Hardwär, Sofdwär, onlein un voll vernedzt. Ich a, hab e denkt, un bin glei weider, ich war immer noch ned richdig rilägst gnug, um voll mitzukomme. Glei druff hat me e Singel, des haaißt e Elaaischdehende, Suchende, vereinahmt, hat mer zerscht von de Heileits, schbrich Höhepunkt, von de ledschde Partie verzählt, Schdribbtis un so. Wo se dann aber gfroogt hat, was ich von eme won neit schdänd, was waaiß denn ich, was do in der Nacht schdehe dut, und von sääfer sex halde du, hab es dann gedscheggt, die sucht en Laffer, fir ei Nacht, un bin schnell devoglaafe.

Wo dann noch zwaai Kids schdänding owääischens, Beifall, griegt henn, weil se mit em Kätschap rumgschbridzt henn, hab e des a ned richdig händle, eiordne, kenne, aber des gheert halt zu so me häppening. Jedzerd wird's Zeit hab e denkt, jedzerd isch teim aut, bis zum scho daun, zum biddere End, bleib e ned, jedzerd geh e. Do hab e aber erschder noch des Gebabbel ibber leit prodakds un von de riseikling Pämpers ultra sinn bäbi drei, also de voll widderverwertbare Windle, über me ergehe lasse misse.

Drauße, autseit, war e, un hab denkt, jedzerd packe noch en Halber irgendwo. Uff de Schdrooß sinn mer en Haufe panks, die mit dem gfärbte Goggerhoorschnidd un ibberall gepierst begegnet, also Ring im ganze Gsichd, woannerschder hab e jo ned nagugge kenne. Also Nasering, wie der Ochs uff de Waaid! Beklaaidet vo me Schdriit wörker, naai, kaain Schdrooßearbaaider, des isch en Sozialarbaaider, der die widder on se reid wäi, also zum Schaffe, bringe soll. Uff ghat henn nadirlich nur noch Pabs un Clabs, un was henn se do so gedrungge? Bitter lemen, se kwin of täibl wooter oder Whisky on se rocks, ich hab halt en Kockdäil, en Longdrink, gnomme.

Nebbe mir hat aainer mit seim Händi, seim dragbare Telefon, sei Lädi agrufe un hat en däit, e rendezvous, mit erre ausmache wolle, aber der hat do no dschans, kaai Gligg ghat, do hat immer aaine gsagt, pliis hold se lein, was des a immer bedeite mag, ich waaiß ned, was der do feschdhalde muss.

Es war nix fir me in dem Lade, sorri, es dud mer leid.

Des Bier hab e dann dehaaim noch hehlinge, also veri sikret, aus de boddel drungge un hab dann die Nacht vor em Tiwi mit eme Äktschensriller un erre Fäntäsikomedi ausklinge lasse.

Säds leif, so isch's Lebe ebe.

Franzeesisch in unsrer Schbrooch

Mensch, do rede die iberall von Eiropa, mir Karlsruher sinn schon immer indernational, des haaißt nadirlich durch unser Grenzlag, schbeziell e bissle meh franzeesisch oriendierd gwese. Wörder aus em Franzeesische gehn der ibber die Labb, wie wenn's nix wär, wie zum Beischbiel la vasch, die Kuh, un fermee la porte, die Tür mach zu.

Mir henn do, zmindescht schbroochlich, so pö a pö immer d'Nas vorne ghat. Im Hinnergrund schbield do de Napoljon, bei uns in Bade, a e ganz bsonnere Roll. Aber sei's wie's isch oder war, ich will mol so e paar franzeesische Wörder ins Gedächnis rufe, die bei uns Äldere faschd wie selbschverschdändlich sinn.

Alla hop, also bei uns wisawi, in dem Haus mit derre schöne Fassad un denne Mansarde, wohnt so 'n filu, so 'n Schwiddje, des isch em Lacroa sein Kusää. Nadirlich ned uff de Belletasch, sonnern im Suderää, des isch noch unnerm Barderr, do hat der sei Apartmo, aber sonscht wohnt do kaai Bagasch.

Die Blafo-Deck isch scho e bissle grau, die Lambrielaaischde gheere a widder gschdriche. Vor em Fenschder hat er en Paravo schdehe, wege de woajör, die Schalusie isch nemmlich hi.

Drodzdem seht mer des Kanapee mit eme Blümo un eme Beddkuweer druff.

Drunner schdeht en Botschamber.

Im Werdiko schdeht's Servis. Uffm Disch e Etascherle mit Bralinee un e Terrin, nebedra Serwiedde. Im Egg e Biffeh, e Schäslong un noch e Kommod.

Ansonschde war's mit em Inderiör ned weit her, es isch e mords Gschdellasch.

E bsonneres Erlebnis isch des immer, wenn der Toaledd mache dut, zum Ausgehe.

Do haut der sich grad so a la mäng, Parfö oder a Odekolonje in sei Visasch, en Bolle Brillandin oder a Pomad in sei Hoor. Vorher hat er sich manikiert un pedikiert, un nadirlich gwäsche, am Waschlavor.

Nach derre Prozedur richdet er sei Klamodde. Er schdeigt in sei Reehrlespantalo un ziegt sei Schevroschdiffele a, heit ohne Gamasche. Er birschd sein Schapoklack, bigelt nochmol ibers Schmiseddle, holt's Schilee vom Bigel, bind sei Krawadd un richdet nochmol sei Manschedde. Jedzerd dut er Geld ins Portmonee, weil do isch kaain rode Su meh drin. Dann dut er zwaai Zigärrlen aus eme Kuwer ins Etwi un schdeggd sei pötäderl ei. Donoch packd er sein Paraplü un, alla bonör, jedzerd kennschd maaine, en Mann von Welt, immer uffm Kiwif. So grichdet, fisidierd er nochmol alle Dasche, un tut swit, macht sich de Galan dann uff de Weg, um die jung Madmoasell von wisawi ab z'hole. Die isch do Opärmädle, wohnt in de Mansard un schdeht immer unner vabör. Des isch die, wo immer die Kinnerschäs vor de Garasche schdehe lasst. Mit derre bussierd er schon e ganze Weile, un deswege fladierd er a de Madam, wisst er die, wo ewig im Neglischee rumlaaft, aber die isch do ned so etepete. Derre bringt er ab un zu e Bugettle. Die waaiß des wohl zu eschdamiere.

Mein lieber Scholli, do taucht se uff, sei Kräbdeschin Schiggsle mit ihrem Kapoddhitle, vorne mit eme Volang dranne, dotschigg, wie aus de Budik, un en Täng hat se, wie en Pfersich. Mit Kurasch un schislawäng, ohne sich zu scheniere, nemmt er Madmoasell um Talje, un so flaniere se dann des Droddwar entlang.

Heit mache se kaai große Fissemandente, dun ned erscht groß bromeniere oder im Bischdro en Muggefugg guschdiere, naai, sie gehn aaimol ums Karree rum un dann direktemo uff 's nächschde Reschdoro zu.

Do vermude mer jedzerd mol aaifach, was bschdellt worre isch, also heit gebt's mol kaai Haschee mit Piree, do werd heit a la Kart gesse.

Im Voraus en Aberetiff, dann e Buljon, druff a filee mit pommfritt un e Soß, e feine. Als Desär gebt's Kombott oder a e feins Schelee oder a fromasch, meeglich wär a en Eklär, uff Deitsch en Liebesknoche.

De Weg redur dun mer nadirlich ned observiere, do mache mer kaai affär draus, es isch jo scho dunkel, un iberhaapt, es isch vielleicht a besser so, es wird scho kaai Malör bassiere, sonscht käme die zwaai ganz schee in d'Bredulje. Er wird erre hoffentlich kaai Blamasch mache .Wahrscheinlich sagt er fir heit nur tut swit, adjee un o rewoar.

Iberlebt

Mensch, dass mir des iberlebt henn, mir, die Endfuffziger, die Mitsechziger oder Afangssiebziger. Un komisch, sehn Sie uff denne ganz alde Fotos, a so viel jinger aus? Heit henn mir Männer Charakterköpf un die Fraue halt ... ! Aber schlagt der Arsch a Falte, mir bleibe doch die Alte!

Also ich kanns als fascht ned glaabe, was aus uns worre isch! So ohne Babynahrung aus em Gläsle, mit Flaaisch von Biorinder, handgfiddert oder Aaier nur von perseenlich bekannte Hihner. Obscht un Gmis nadirlich nur aus biologisch-dynamischem Abau, befruchdet von aaigene Biene.

Damols hasch, aber nur wenn d'Gligg ghat hasch, Griesbrei mit Äpfelmus oder Bireschnidz griegt. Fir die Äldere, Sagosupp, ausgsehe hat's wie Froschlaaich. Pfui Deifel, 's schiddeld me heit noch! Do isch gesse worre, was uff de Disch komme isch, manchmol a nur des, was e im Esseschdänner von de Quäkerschbeisung, aus de Schul, mit haaim brocht hab.

Gligg henn die ghat, wo en Schrebergaarde ghat hen, gedingt mit de Rossbolle von de Gäul von de Bierkudsche oder a mol vom aaigene Botschamber. Nadirlich nur, wenn net, ubschdellde Erndehelfer schneller ware beim Pfligge!

Manchmol war a ebbes vom Schwarzmarkt debei, un wer noch was ghat hat zum Dausche, der isch zum Hamschdere gfahre. Manches Bäuerle isch reich worre.

Wenn du dann scho älder warsch, hasch dei Vitaminversorgung a mol selber in d'Händ gnomme, mit aaigehändig gebengeltem Obscht, ja, ja, die Kirsche in Nachbars Gaarde! Baby henn kaain zuggerfreie Fencheltee mit Zusädz von de Kamille un mit frisch zupfde Pfefferminzbläddlen kriegt, wege de problemlose Verdauung. Un des noch aus erre Drinkflasch, mit Schbezialduddy, zur bessere Formung vom Gaume un zum Zungedränning. De Griff ergonomisch gformt, fir d'Fingerschulung.

Also dringge isch jo wichdig, bis ins hohe Alter, un ned immer nur Wasser, aber doch ned in alle Lebenslage. Die Kinner drinke heit, wo se gehn, liege oder schdehn. Vielleicht isch des a wegerm Goschhalde.

Oder wenn e dra denk, was den klaaine Mensch widder verlasse muss. Also es isch jo wichdig, was hinne rauskomme dut. Aber Pampers randverschdärkt wegerm Iberlaafe, schbeziell fir Boys un Görls, g'ordnet nach Größ un Inhaltsmeng fehlt bloß noch d'Form un de Geruch! Oder a Babydream Schwimmwindle. Also dehaaim sinn mer ohne Windle ins Wännle gschdeggt worre, un Babyschwimmbecke, also so e Kinnerpipiwarmwasserbad, des Fußwäschbegge fir die Midder, hats jo noch gar ned gebe. Ned vergesse a noch die Feichtdichle fir denoch. Mir henn do Wäschlumpe ghat, aain fir A un aain fir G, also A firs Agsicht un G fir Gsäß, net, dass mer uns do falsch verschdehe, un vielleicht mol en Finger voll Penate – oder Nivea. Unnerwegs also amol nur Gras oder Blädder.

Also aaifache Baumwollwindle, alle gleich groß, nach Fillung entleert un auskocht, uff de Wäschelein getrockent un umweltschonend widderverwendet.

Abrobo Wäscheleine, do isch iberhaapt die ganz Familieplanung, hoffentlich regelmäßig, uffghängt gwese. Un von denne Baumwollwindle isch kaaine zufällig uffm Schbielbladz vergesse worre, oder se sinn, als Zuggerbrot fir d'Schmaaißfliege, im offene Babierkorb glege.

Gschbielt henn mer uff de Schdrooß, graaifelt mit eme alde Rädle oder a Danzknepfles, also mit erre Schnur an eme Schdegge en Danzknopf gedriebe. Merweles gschbielt oder Landabschdecherles, mit eme Messer oder a mit eme Schraubezieger. Oder wenn e nur an mei Rollschuh denk, aus Eise, grad so an d'Schuh klemmt oder nagebunne. Kaai Knie- oder Ellebogeschidzer. Obwohl die hätsch scho brauche kenne, wenn emol uff d'Labb gfloge bisch, also nagseiert bisch.

Also immer drauße uff de Gass, im Sommer barfuß, kurzer Hos oder a mol mit Holzkläbberlen. Im Winter a mit kurzer Hos, aber dann mit wollene Schdriggschdrimpf, feschdgmacht an eme Leible, also so me Schdrumpfhalder oder a nur mit Schdrumpfbändel oder a mit Eimachgummis. Alderle, die henn aaim manchmol des Blut abgschdellt! Un gebisse henn die Schdrimpf, also g'juggt henn die, do bisch mit em Schärre gar ned ferdig worre.

Aber de Zweck haailigt alle Middel, un kaainer hat geglaabt du wärsch, durch e poschtnadales Problem, gschlechtlich ned ganz recht, weger dem Schdrumpfhalder.

Im Sommer sinn mer nadirlich a bade gange. In de Alb oder in Karlsruh a ins Rappewört. Also mei erschte Badhos, wo e dann agfange hab aaine zu brauche, von meinere Oma handgschdriggt, aus eme alde, uffzogene Pullober. Sinn Sie scho mol mit erre handgschdriggte Wollbadhos aus em Wasser komme?

Kaum hasch dann e Badhos ghat, hasch se als scho nimeh braucht, du bisch im weiße Hirsch bade gange, am Baggersee. Zum Druffligge henn mer en Debbich, also e Degg, ghat, d'Sonn als Handduch un de Schadde als Sonneschutzmittel.

Zum Esse Nudelsalat in eme alde Gurkeglas mit Schraubedeggel un wehe, du haschs nimeh haaim brocht! Gedrunke henn mer aus em Wasserhahn. Wer e Fahrrad ghat hat, hat immer noch aainer midgnomme, uff de Schdang oder a uff em Gepäckdräger oder a mol uff beidene, also dann zu dridd. Beim Damerad wars als a so, aainer isch uffm Saddel ghoggt un de anner hat im Schdehe drebble misse. Wenn de en Schutzmann verwischt hat, hasch en Schdräfzer kriegt. Ja, damols sinn die Radler als noch kondrolliert worre.

Samstags war Badedag. Alle im gleiche Wasser, im Wäschzubber, mit Kernsaaif. Mensch war do als en Dreggrand an dem Wännle. Am Afang war als a noch unser Schwesterle debei, bis mein äldere Bruder feschdgschdellt hat, dass, dass, do bei derre halt ebbes fehle dut. Un er gmaaint hat, es dät aber a so ned schlecht aussehe. Ibrigens, so e Baby, des isch a heit noch des aanzige, was in so me moderne Haushalt von Hand gwäsche werre muss! Zu sellere Zeit hat se dann a aus unserm gemaainsame Schloofraum ausziege misse, besser wär vielleicht dirfe. Mir henn nemmlich e Dreischdoggbedd ghat. Also des Räumle war höcher wie breit. Heit isch des jo annerschder, do dirfe die liebe Klaaine sich jo in de ganz Wohnung ausbraaide un ihrem Schbieltrieb nochgehe. Iberall schdirdsch iber Schuh, Schbielzeigs, Bilderbicher, Filzschdifder un Legoschdaainer. Halt ibber alles, was heit so e Kindle fir e posidive Endwicklungsphase brauche dut! Un uffräume koschdet nur wertvolle Lern- un Erfahrungszeit.

In de Ferie bisch morgens fort, un wenn d'Laderne agange sinn, widder haaim. Do henn mer Kellerlöchles gschbielt, heit sagt mer do Streetsoccer dezu. Du bisch nur in e Mannschaft gwählt worre, wenn du gut warsch, oder wenn dir halt de Balle gheert hat. Mit dem hasch du lebe misse, ohne psychologische Beischtand. Wenn du nix kannsch, oder nix hasch, dann bisch halt ned debei.

Du hasch kaain agrufe, gsimst oder gedschäddet. Mer isch aaifach zum Dreffpunkt, oder hat seim Freund a mol gepfiffe.

Wenn du mol aaine uff d'Gosch griegt hasch, isch kaain Schuldige gsucht worre oder Azeig erschdaddet worre oder sogar nach de Uffsichtspflicht gfroogt worre. Do hats noch kaai Gewaltvermaaidungskonzepte oder Schdreitschlichter, heit sagt mer a Streetworker dezu, gebbe.

Un manche sinn in de Schul halt a sidze bliebe. Des hat kaai Dienschtuffsichtsbeschwerde gebbe. Mangelhafte Laaischdunge ware halt finf.

Do isch nix in derre Halbjahresinformation, ja, so haaißt des Halbjohreszeignis jo heit, gschdanne, wie zum Beischbiel: Hans hat in differenzierte Uffgabeschdellunge, im Rechtschreibe, noch vielem Ibe, manchmol ausreichend, de Minimalaforderunge nochkomme kenne.

Alles verschdanne?

Jedzerd isch mir a klar, warum die Kinner kaain richdige Aussagesatz meh, ohne des Wörtle geil, zammebringe dun! Also ned, des Mädle seht gut aus, sonnern, die seht geil aus. Also bei uns hat des e ganz annere Bedeitung ghat!

Bei denne zwischemenschliche Beziehunge sinn mir ned scho in de Grundschul iber de Unnerschied zwische Männle und Weible uffklärt worre. Mir henn kaai ladeinische Wörder glernt fir des, was uns unnerscheide dut, un henn drodzdem alles gfunne!

Bei uns war des halt des Bimberle un, un des, des annere halt. Bei uns hat des halt länger dauert, bis mir gmerkt henn, dass zwaaierlei Paar Schuh unnerm Bedd schdehe dun. A in de Schul, Bube un Mädle gedrennt, ned nur uffm Klo. Des war a besser so, dort henn mer nemmlich hoch- un weitpinkle dräniert, vor denne mit Teer gschdrichene Wänd. Naai, a in de Große Paus, Gschlechderdrennung, im Kreis rumgloffe, gegeläufig, die Mädlen inne, die Bube auße, logisch wegerm Bschidzerinschdinkt. Un nach de Pubertät, des isch jo die Zeit, wo du als Kerle net wisse dusch, sollsch du die Weiber kisse oder verschlage, bisch dann lang hinner aainere hergloffe, bis se mit aaim gange isch. Also Schwidzhändles, also Hand in Hand, des war scho de Höhepunkt. Schbäder war dann e wichdige Froog, gehn mer ins Kino oder gugge mer de Film a? Also e bissle aaifacher wär scho scheener gwese. Mit de notwendige Vorsicht nadirlich! Schdelle Se sich mol vor, es hätt aaine ebbes griegt! Also die Leideschaft war scho groß, aber d'Hos isch noch lang obbe bliebe. Es isch ned glei e Bienle grufe worre. Bei uns hats jo als Verhidung nur Rauslasstee gebbe. Un fir die Eiwohner von derre Hauptschdadt von Frankreich do, henn mir kaai Geld ghat. Un zudem isch do jo Männerschudz druffgschdanne. Un so groß ware mer jo noch ned gwachse. Aber es hat sich alles wie von elaai ergebbe, denn, wer net verkehrt, der lebt verkehrt! Mensch wie sich die Zeite doch verännert henn, friher ware die Fraue elai mit de Hebamm bei de Geburt, dann sinn die Männer bledzlich mit in d'Schwangerschaftsgymnastik, henn atme un bresse glernt un sinn dann ganz schdark bei de Geburt debei gwese, un oft glei ohmächtig worre. Ja Vadder werre isch net schwer, aber Kinner kriege, des isch noch mol was anners! Aber heit musch jo froh sei, wenn de Mann bei de Zeugung debei isch, un ned nur e Reagenzgläsle!

Die Zeit isch vergange.

Jedzerd bisch Opa un waaisch aus Erfahrung alles besser. Aber des wolle die Junge ganz selde wisse. Aber die misse sich jo ihr Hörner a selber abschdoße.

Neilich bin e aber dann doch ins Schleidere komme, wie e uff en gut gmaainde Rat hi hab heere misse: „Waaisch du Opa, dei leicht antiquierte Edukationsmethode, sinn heit nimeh evidenzbasierend!" Also uff gut Deitsch: Opa lass es, des isch Schnee von geschdern! Des soll aber ned haaiße, dass die Junge heit kaain Reschbeggd meh vor em Alder henn. Naai, naai, aber meh halt beim Whisky, beim Wein un bei vierrädrige Oldtimer!

Wobei des mit derre Erziehung sowieso so e Sach isch. Du erziehgsch un erziehgsch, un friher oder schbäder mache die Junge uns doch alles noch. Aber die kleine Wese dirfe sich halt net so benemme wie ihr Eltere damols, im gleiche Alder! Mer sollte uns weniger bemihe de Weg fir unser Kinner vorzuberaaite als mehner unser Kinner fir de Weg. Wenn du heit e Mudder nach em Alder von ihre Kinner frooge dusch, haaißt's jo glei: De Chirurg wird bal finfe, un de Jurist viere! Bei uns hat's ghaiße, alles zu seinere Zeit, kommt Zeit kommt Rat. Aber heit isch jo de Berufsweg bei de Geburt scho feschdglegt; 's isch halt annerschder, 's isch halt heit! Un wer ned mit de Zeit geht, geht mit de Zeit! Also in dem Sinn, gfehlt hat uns damols nix. Denn was i ned waaiß, macht me ned haaiß! Un mir henn's iberlebt!

Idalienisch bei uns

Also, mei Begegnunge mit dem Idalienische henn sich am Afang uf Vespa, sie wisse der Modorroller mit Mädlen im Damensidz, uff dschelati un Cinzano, uff Spagetti bolognese un Ravioli aus de Bix oder vielleicht noch uff mia bella Napoli un o sole mio, uff avanti avanti un domani domani, also schnell schnell un morge nur ned heit beschränkt ghat.

Beschdefalls war do noch tutti frutti, halt, des hat aber nix mit derre frihere Oberweideschau im Televisione, im Fernseh, zum du ghat. Do war des Eis viel wichdiger.

Dann war do a noch des Schildle in de Eisebahn: Non sputare la carozza, also ned in de Wage schbugge, wobei carozza der Wage haaiße dut un nix mit dem ähnliche deitsche Wort zum du hat. Aber scho wie sich des beim Schwädze aheere dut, dschelati, dschelateria, des isch do, wo's Eis kaaft hasch, oder en coppa di dschelato, also en Eisbecher. Horch doch mol na, dschelateria, merksch ned wie ders Eis uff de Zung vergehe dut, dschelateria. Un uff Deitsch aaifach Eisdiele. Heersch de Unnerschied?

Oder dann späder Rischdorante Sole d'oro un ned aaifach Wirtschafd zur Sonne oder a Trattoria, Cafeteria oder a nur Cantina. Do driggt 's aaifach durch, des Sidliche, de Draum vom Dolce far Niente, vom siße Nixdu. Also, uns hat d'Sehnsucht paggt nach bella Italia, nach Sonn un vielleicht a noch die Dräum von uns Kerle, damols, dass alle Fraue, wie die Sophia Loren oder die Gina Lollobrigida, so mit allene tutti frutti ausgschdaddet sinn.

Also sinn mer am Lago di quatro Cantone, wie sich des scho aeere dut, am Vierwaldschtädter See in Svizzera vorbei, iber de San Gottardo und Locarno, an de Lago Maggiore, im Ticino gfahre.

Ich kenn do die Örtle noch wie heit: Ascona, Porto di Ronco, Brissago oder Stresa. Des heert sich doch ganz annerschder a wie Unneruhldinge am Bodesee. Wegerm Geld henn mer nadierlich campeggio, also camping gmacht, maain nadirlich mir henn gezeldet. Alles, was mer ghat hen, war in eme sacco di rucco, also montagna nadirlich. Un fir unser marchi henn mer damols riesige Schei von Lira griegt, so groß wie e Zeidung. Un perfekt idalienisch henn mer a kennt: prego, grazie, due birra un die nadirlich moldo caldo, also saaichwarm, denn kalt haaißt jo freddo. Un wo ich dann noch e frisches bischdecca bschdellt hab un e Bifschdääk schdadd eme neue Bschdegg griegt hab, war e scho blamiert gnug. Dass mer dann aber a noch de Dischvorleger aus weißem Babier un Messer un Gabel, con coperto, ebbe, henn exdra pagare, zahle, misse, do war unser Bedarf an fir sich gedeggt.

Un weil's dann a noch gregnet hat, sinn mer weider iber Milano, Richdung mare nostro, also ans Middelmeer gfahre. Aber uns sinn dann bal die bancanota, de Pulver, ausgange, un wo mer dann noch Schdreit mit so e paar Babegeie, also papagalli, weger zwaai bambinas und amore griegt henn, also attenzione, mamma mia, des war molto periculoso, saugfährlich, un ich wollt doch bloß ihre Kamera ausprobiere und ned ihr Zimmer, wie des uff idalienisch haaiße dut. Mir henn dann fir die ledschde Lira Benzina in de Karch un henn noch en Kolbe Rotwei, vino rosso, in eme Baschdröggle kaaft. Chianti uff Idalienisch, mir henn Dschiandi gsagt, aber verschdanne hat mer uns drodzdem, un henn uns avanti, avanti verdriggd.

So wie uns ischs dann noch ganze Völkerschare gange, die dann in Idalia, via Venezia oder Rimini, eigfalle sinn un gligglich ware, wenn's irgendwo scaloppine, Schnidzel un birra alla spinna, Bier vom Faß, gebbe hat. Aber vieles, was mer damols ned verschdanne henn in de Wirtschafde, im rischdorande, des isch noch un noch iber d'Alpe zu uns komme, nach Germania, nach Monaco, Schdoccardo, Hamburgo, Minche,

Schduttgard, Hamburg un Karlsruh komme, un ned nur d'Schiggeria hat sich bei"da Franco" gedroffe.

Wenn mir heit so bei unserm Idaliener, bei unserm buon amico Carlo, en absoluder Gehaaimtipp ibrigens, hogge dun, dann lebt's sich ganz idalienisch. Henn sie aaigendlich scho mol devo gschbroche, dass sie zu ihrem Deitsche zum Esse gehe dun? Also ich sag Ihne, immer freindlich, nix zviel, gnug Personal un immer mol e Runde uffs Haus, so en Rachebudzer, Grappa halt. Un dann noch die Begrißung: Buona sera! Come va? Va bene? Alles ganz wie in de Familia.

Also mir nemme dann zerschd mol e Proseccole, un wenn mer scho bei de Gedränke sinn, zum Esse dann en Frascati oder en Chianti classico. Heit isch nix mit Pizza quadro schdadschioni oder mit paschda schudda, do kommt erscht mol e bissle dschabadda con pomodori, also alder Hausschlabbe mit Tomade. Also des isch kaai Veruglimpfung, im Wörterbuch schdehdt unner ciabatta Hausschlabbe, aber des maaint nur die Form von dem Brot. Dann nemme mer e Salätle von Ruccola, friher aaifach Rauke, so löbezahähnliche Blädder in atschedo balsamico un nadivem olio d'olivia, extra jungfräulich, virdschine ebbe, also mit Essig und Öl. Dann e paar maggeroni al dende mit mozzarella oder parmesano, druff Ringlen vom Fische „ di tinto", maain nadirlich calamarette, Dindefisch also. Im Hinnergrund musica aus bella Idalia, de Rocco Granata, de Adriano Celentano oder a von de Gianna Nanini, e Schdimm wie e Reibeise. Do werd's der ganz annerschder, do fihlsch bledzlich de zwaaite prima vera, de zwaait Frihling ebbe.

Dann nemme mer carpaccio di tonno, hauchdinn gschniddene rohe Thunfisch un vielleicht noch en insalada mischda, en gmischde Salat. Jedzerd komme noch frutti di mare, Meeresfrichdlen, in vino bianco mit Buddernidelen, Tagliatelle al burro. Hinnerher e Versucherle vom Tiramisu oder vom Zabajone. Zum Verdaaile vielleicht en Ramazoddi. Ganz zum Schluss en espresso, en capuccino oder a en macchiato. Was aus so me aaifache Tässle Kaffee alles zaubere kannsch! Zwischenei gehsch a mol uff's gabinetto und ned aaifach uff's Klo.

Manchmol sinn mer scho so lang ghoggt un henn troppo, also zviel, vino un grappa ghat, dass mer de Canale, grande voll ghat henn un die ganz schdrada braucht henn zum Laafe. Aber es war halt widder molto bene, bei unserem buon amico Carlo und seinere Angelina aus Idalia.

Un wenn er dann zum Abschied perseenlich was von arivederdschi oder tschau bella bionda un buona nodde sage dud, ja faschd singe dud, do waaisch, du kommsch widder, un fihlsch de wie uff Idalia!

Wenn sinn Sie en scho mol im „Grine Baum" perseenlich oder a mit Umarmung un Kissle verabschiedet worre?

Im Zoo

Also neilich, do bin e mol widder in de Zoo. Vor mir an de Kass, en Vader mit zwaai Halbwichsige. Papa, haaißt es jedzerd Zoo, zoologische Gaarde oder Tierpark? Bei uns haaißt des aaifach Schdadtgaarde. Un des isch e Kombination aus Arterhaltung un Unnerhaldung fir uns. Ob der des verschdanne habbe dut? Dann, aain Erwachsene, aai Kind. Do meld sich de Klaai, Babbe, aber ich bin doch a scho iber sechs. Was, des hat mer unser Mama jo gar ned gsagt.

Kaum drinne, die Hihnervögel, also es war jo Frihjohr. Also de Groß, Babbe gugg, Babbe gugg, do hoggt de Goggler uff de Glugg. De Klaai, ob die des wohl aushalte dut? Un, was mache denn die do? De Groß ganz iberlege, die sinn beim Fortpflanze. Papa, was sinn des fir Pflanze? Des sinn kaai Pflanze, sonnern die Glugg soll Aaier lege. Aha, maaint de Klaai, un die esse mer dann! Un wann gehen mer denn endlich uff de Schbielbladz? Also do defir henn mer doch ned so viel Aaidridd bezahld!

Mer sinn dann schnell weider zu de Elefande und de Nilpferd. Warum sinn denn die Nilpferder so digg? Weil se so e großes Maul henn! Aber Babbe, die Fra do vorne, die hat doch en ganz klaaine Mund un ... Godd sei Dank schreit do bledzlich de Groß, gugg, gugg, der Fedde hat sich grad uff de Schwanz gschisse un alles grad an d'Wand nagschmisse!

D'Elefande ware dann ned so indressant, wenn do ned aainer den alde Witz von denne zwaai Elefande am FKK-Schdrand verzählt hät. Also ich waaiß ned, maaint do de aaint Elefand, dass die ned scho längschd verhungerd sinn?

Bei de Löbe, do hat der mit de Frisur uff em Kopf sei Maul weit uff ghat, un hat mordsmäßig in de Gegend rumgebrillt. Sag mol Babbe, vor was hat so en Kerl, de König von de Viecher, aaigendlich Angscht? Nur vor de Löwin, hat do en Klaainer aus de Reih hinnedra gsagt! Ja, ja, Kinnermund dut Wahrhaait kund!

Mer sinn dann weider zu de Urpferd. Babbe, wie haaiße die? Des sinn die Prze ... Prze ... walskis, also so e Art Urpferd, des sinn ebbe die Gäul aus em Oschde mit dem digge Fell. A do Frihlingsgfihle. En Uffreidversuch, maaint die Dam vor uns: Na servus, un des morgens um zehne.

De Klaai widder: „Was mache denn die?"

„Die henn sich lieb!"

„Ja was, aber so rum, do kenne die sich jo gar kaai Kissle gebbe!"

Schnell weider zu de Eisbäre aus de Antarktis.

„Papa, do schdeht aber Arktis". Des isch egal, do ischs genauso kalt. Un geh ned zu nah dra, ned dass de verkältsch! Unn direkt nebbedra die neu Wasserwelt fir die Robbe un Pinguin. Alderle, die misse sich fihle wie im Urlaub, so wie die sich jedzerd bewege kenne. Uhaaimlich, maaint do de Groß, wenn mer die Viecher so von allene Seide sehe kann un se dich aus em Guggfenschder agugge. Wer bsichdigt denn do aaigentlich wen?

Bei de Schdraußekolonie henn vierezwanzig ihr Köpf in de Sand gschdeggt ghat, nur aainer isch ganz uffgregt durch die Gegend grennt un hat laut grufe: „Isch denn niemand dehaaim?" De Klaai hat des nadirlich ned verschdanne, aber mir sinn glei weider zu de Menscheaffe, bevor er frooge kann.

De Klaai lest e Schild vor: „Vorsicht, Tiere schbridzen ins Publikum! Aber die henn doch gar kaai Wasser?" De Vadder flischdert dem Klaaine was ins Ohr. „Ach, du maainsch schiffe!" Der Vater hat en ganz rode Kopf griegt.

„Warum henn do manche so en rode Popo?" Also, die kenne jedzerd Nachwuchs griege. Er guggt derre Dam nebedra voll ins Gsicht und sagt: „Geht des nur mit eme rode Popo oder a mit eme rode ... ?" Also schnell weider, nix wie fort!

„Gugg mol Babbe der Schimpans, der hat e Frisur wie du morgens nach em Uffschdehe. Beim Frihschdigg, wenn du noch ned geduscht hasch“. Nebedra en Gleichaldrige: „Heiland Sagg, hat der en Schdänder, so e Rieseladd, also so en Abbarad!“ Sei Mudder ermahnt en sofort:“Du sollsch ned immer Heiland Sagg sage!“

Also schnell weider, vorbei an de Ente. „Babbe, warum sinn denn do welche so schee bunt?“ „Des sinn die Männle, die sinn immer scheener als wie die Weible.“

Die Bligg von denne Midder, also wenn Bligge ... Bledzlich de Klaai bei de Kamel. „Was mache denn die?“

„Ach, die henn sich gern?“

„Ja, heirate die denn a?“

„Ja Bub, alle Kamel dun heirate!“

Vorbei an de Schdachelschwein. De Groß will wisse, wie pflanze sich denn die fort? En älderer Herr reddet die Situation un antwortet, ganz ganz vorsichdig!

Aaigeardig war des bei dem Aquarium, do isch einer immer mit seim Finger an de Scheib entlang gfahre un hat gsagt: „Der Mensch isch dem Tier iberlege, die Fisch danze nach meim Wille.“ Komisch war nur, dass er mit em Mund immer so Bewegunge gmacht hat, also so nach Luft gschnabbt hat, wie die Karpfe im See.

Bei de Leoparde schdeht e Oma mit ihrer Enkelin un sagt: „Schau mal des Kadzile, die Pfotelen, der lange Schwanzi un die goldige Öhrlen.“

„Omi, lass des doch bidde, des isch jo voll peinlich, des Kinnergschwädz.“ Was mer alles erlebe dut?

Bei de Zebra, e Schild am Zaun: Frisch gestrichen!

„So was,“ sagt do die aainte Dam. „Un ich hab gmaaint, die Schdraaife sinn echt.“ Nebedra die Schulklass, mit erre scho e bissle ältliche, jungfräulich wirkende Lehrere.

„Was hat denn der aainte do fir e Ding unne am Bauch?“

„Ach maaint se, des isch nix!“

Maaint doch so en Frihreifer: „Henn Sie aber e Ahnung!“

„Kommt Kinner, mir wolle schnell zu de Fidderung von de Pinguin."

„Oh, Babbe, willsch du ned lieber jedzerd dei Bube e Waffel esse oder e Eis schlodze sehe?"

Uff em Weg zum Ausgang komme mer noch bei de Giraffe vorbei. Schdell dir mol vor, wie die die Nahrung, des frische Grin, genieße kenne, bei dem lange Hals. Maaint aainer, un wenn die mol Halsweh henn oder sich mol ibergebbe misse?

Indressiert hätt me scho noch, wie der Vadder seine Bube des Schild bei de Wellesiddich erklärt hat: Vögeln, soll man dreimal täglich ... Un irgendaain Witzbold des „Wasser geben" durchgschdriche ghat hat.

Am Eigang, also fir mich am Ausgang, immer noch e Menscheschlang. Heer ich doch grad noch so en Heranwachsende: „Mama, kennsch du de Unnerschied zwischere richdige Schlang un erre Autoschlang?"

„Also bei de richdige Schlang isch des A ... loch hinne!" Un badsch, scho hat er aaine gfange. Obwohl, wenn e so richdig dribber nochdenk!

Also mei Bedarf war jedzerd gedeggt, ich bin noch e Bier drinke gange un hab denkt: Mensch un Tier wie nah sinn mir. Wenn e denn am Nebedisch agugge du, wie uscheniert der mit de Händ esst, sich dann noch in de Nas bohrt un des Ergebnis in aller Ruh bedrachtet. Also halt, jedzerd hab e denne Viecher wahrscheinlich urecht gedu, denn der Mensch isch jo die Kreenung von derre Schöpfung, nur wisse des ned alle.

In eme Feischmeggerlokal

Also mir sinn eiglade gwese, zum Esse. Ein Tempel der Gourmets, isch auße gschdanne. Au, hab e denkt, mir gehn ned esse, mir gehn „schpeisen."

Es war dann wie e greeßeres Wohnzimmer, verlaafe hätsch de do ned kenne, schee eng un ibersichdlich. Drodzdem hat uns so en Pinguin, so en schwarzweiße, an de Disch nagfihrt. Des war de aainzig freie, nebbe denne sechs annere. Mir hädde denn an sich a elaai gfunne. En Haufe Deller, Bschdegg un Kerze. Wo wolle denn die do des Esse naschdelle? Un uff jedere Dellerpyramid noch so e Schbidzgugg wie so e Nochbildung vom Papst seinere Kabb. Mir henn dann nahogge wolle, bledzlich die Pinguin hinner uns, un henn uns die Schdihl wegzige welle. Ich hab dann aber glei zugriffe, mir nemmsch de Schduhl nimeh weg! War wohl e bissle hefdig. Es isch nemmlich glei so e Raaih Gläser umgfloge. Iberall sinn Köpf hoch, also ich kann eich sage. Un die henn uns jo bloß beim Nahogge helfe welle.

Nemme d'Herrschafte en Aberitiff? Vielleicht Sherry midium oder drei? Ich sag wieso denn drei, mir sinn doch viere? De Pinguin lächelt geploogt: Halber drogge oder ganz drogge? Also dringge un drogge? Mir henn dann vier Pils gnomme, abber mit em Schaum obbe.

Dann vier in Leder gebunnene Bicher, also de Magefahrplan un die Lischt zum Nassfiedere. Bledzlich die Pinguin widder hinner uns, un henn jedem von uns e klaains Dellere mit, na ja, ich waaiß ned was, nagschdellt. Des henn mir aber ned bschdellt. Des isch des amüs à göl vom Haus. Also des haaißd Vergnige fir d'Kehl, Gaumekidzl oder a Vorschbiel im Hals. Also, na ja, aber koschd nix, schmeggt scho!

Dann „die Schbeisenkarte", ich kann eich sage:

Lachs uff leicht gebräundem Toschd
Fisch in Salzkruschd
Flaaisch im Daaigmandel
Gmis vom Markt
Käs vom Bredd
Fricht aus em Korb
Schnabbs vom Wage
Schnegge am Salatbladd

Au, des kenn e von dehaaim, do isch de Salat ned richdig gwäsche. Fehlt bloß noch Wasser vom Hahne oder Dischdegg aus de Schublad.

Dann noch die Weibschdellung! Also was e do glese hab! Wenn e ned gwisst hätt, dass mir zum „Schpeisen“ do sinn, un des a noch mit unsere Fraue.

Voller Exdraktkörber mild un rund, kraftvoll, jugendlich, vollsafdig un gschmeidig, uffgschlosse un gfällig, mit langem Atem un kräfdiger Fruchtnas, vielseitige Feinhaaide, mit lang ahaltendem Abgang. Also mir rede vom Wei, gell!

Mir henn dann en Rode, e Flasch Schato migrän, gnomme. D'Flasch fir en Vierziger.

Wo der denn dann gebrocht hat, hab e zerschder die Flasch ganz aus de Näche agugge misse, dann hat mer der Pinguin a noch vorglese was druff schdehe dut. Dann isch er en Schridd zrigg, hat des Körkle rauszelebriert, dra groche, huldvoll gniggt un des Körkle uff e Dellerle glegt.

Dann hat er mer e Fingerhidle voll eigedröpfelt un isch widder en Schridd zrigg. Ich sag halt, halt, mir kannsch ruhig voll mache, ich verdrag des. Er hat mild glächelt un hat noch in die annere Gläser eigweint. Immer aai Hand uff em Rigge, dass en die voll Flasch ned umziege dut.

Wenn dann so drinke dusch, e Flasch fir vierzig, macht des fir e richdige Labb voll glatt finf Euro. Drum dun die denn a kaue un mehrmols im Mund rumziege, dass se meh devo henn, dass er länger hebe dut.

Dann habbe die Schbeisen zu komme begonne. Bouljong vom Rind an Sellerieblāddlen, Subbedeller Marke Aaierbecher. Der zwaaide Gang, denn hasch uff dem Deller gar ned gfunne, kaai Wunner, des ware verlorene Aaier. Dann Frichde des Meeres. Also ich ess jo Fisch un Vögel gern. Aber drei schwarze Miggeschiss uff gebudderdem Toscht un verbogene Messer dezu. Sie Herr Ober, was isch denn des? Un die Messer henn mir aber ned verboge! Kaviar, also Aaier vom Schdör. Also ich waaiß ned, drei un dann noch so klaai.

Dann de Hauptgang, vier Pinguin im Gänsemarsch, henn vier riesige silbrige Halbkuggle vor uns nagschdellt, un henn die, wie uff Kommando, bledzlich hochgrisse, un henn uns nochmol verzählt, was mer bschdellt henn. Also des war ned unödig, sonschd häddsch nemmlich ned g'wisst, was es, un vor allem, wo es sei soll!

Also, Lammfilee von schwäbische Klaainschäfle, gebindelte Zwergböhnle mit eme Girdele aus Schbegg. Des Girdele hat uffm ledschde Loch gepfiffe. Also ich hab dann doch besser mei Brill uffzoge, wege de bessere Oriendierung uff dem Deller. Nach dem Moddo: Wer suchet, der findet! Ned, dass sich des Bschdegg verirre dut!

Peinlich isch's dann noch beim Nochdisch worre. Erdbeere mit schwarzem Pfeffer. Mir isch dann so e Pfefferkorn in de falsche Hals, ich wollt des mit eme Schlugg Rotwei. Also die Dischdegg à la rote Dipfele, middedrin des Körnle im Schbeichelbedd, un des weiße Hemd, am Rotweirand!

Mit dem Schnabbs vom Wage war's dann a noch mol so e Gschicht. Von wege eischengge, d'Gläser beim Eischengge grad belaaidigt un abber schwindlig gschiddeld. Dann isch Tablett komme mit erre Serwiedd druff, mein Bekannte hat 's Geld drunner verschdeggeld, wahrscheinlich, dass die net rot werre dun, beim Rausnemme.

Beim Gehe sinn dann die Pinguin Schbalier gschdanne un henn uns nauskomplemendiert. Also ich habb jedem d'Hand gschiddelt un habb dem Oberpinguin gsagt, ich hätt noch en

„Schpeisenvorschlag“: Also, mit Käs aus de Alpe iberbaggenes Rinderhack-Medaillon im Daaigmandel, mit feinschde Kardoffelschdiftlen, in delikater Soß von der sonnengereifte Tomat, an knaggigem Salatbladd.

Also uff Deitsch: Cheeseburger mit Ketschup un Pommes. Der hat sich fascht verschluggd an meim Vorschlag.

So wie der glächeld hat, isch des Schbässle an em vorbeigange, der hat sich an derre Vorschdellung faschd verschluggd. Aber mir war des egal, denn mich muss er jo nimeh so schnell bediene, ich verhunger nemmlich sonschd.

Krieg in unsrer Schbrooch

Friher isch jo iberall von Abrischdung un vom End vom Kalte Krieg gebabbelt worre. Aber beim Schwädze, also in unsrer Umgangsschbrooch, do werd mit Ausdrigg aus derre Kriegsschbrooch grad so rumgschmisse oder besser rumgschosse, dass es grad so knalle dut, do gehsch am Beschte in Deggung.

Also jedzerd will e mol losschieße.

Do hat jemand aaim de Krieg agsagt, also de Fehdehandschuh nagworfe un em glei mol aaine vor de Bug geknallt.

Der hat nadirlich glei volle Deggung gnomme, bevor er sich hat abschieße lasse, un hat sei Hilfstrubbe um sich gsammelt. Er hat sich denkt, wart's nur ab, du laafsch mer a noch vor d'Flint, ich bin ned am Bode zerschdeert. Die Schlacht isch noch ned verlore.

Gott sei Dank hab e nemmlich rechtzeidig Lunte groche un kann jedzerd mobil mache. Dann werd zur Attack gebloose un es geht auf in de Kampf, un es werd aus vollem Rohr zrigggschosse. Do fahre mer dann schweres Gschitz uff. Do werre kaai Löcher in d'Luft gschosse, do gebt's e volle Braaitseit, e volle Ladung also, voll uff de Zwölfer.

Mir henn unser Bulver drogge ghalte, die werre uns scho noch vor de Schuss komme, des haaißt in d'Schusslinje laafe, a wenn jedzerd noch alles weit vom Schuss isch, un in Wirklichkaait, do isch die Sach jo kaain Schuss Bulver wert.

So schnell schieße nemmlich die Preiße ned, un mir henn unser Bulver noch lang ned verschosse, denn die henn nemmlich des Schießbulver a ned erfunne.

Wenn mer dann nemmlich gut in Schuss sinn, komme mer a zum Schuss. Unser Schuss geht ned nach hinne los, es isch a kaain Schuss unner Wasser, mir sinn jo kaai Hinnerlader, mir henn gschbannt un glade.

Hoffentlich könne mers aber vorher in Schuss bringe un a in Schuss halte, sonscht gebbe mer uns vielleicht selber de goldene Schuss, aber mir sinn jo ned verriggt, mer henn doch kaain Schuss.

Mir dun des Kriegsbeil vorher begrabe, sonschder werd do mit Kanone uff Schbatze gschosse, es wär jo zum Schieße, wenn mer ned ohne zu schieße aus de Schusslinje komme däte.

Ansonschde wärs jo wie friher, halt aaifach zriggschieße, ohne Riggsicht uff Verluschde, dann hätte mer jo wirklich nimeh alle Badrone im Girdel.

Mei Fra hat a noch was zum sage

Ja, so en Mann, so en Mann, der macht aaim ugeheuer a. Aber lang lang ischs her! Wenn e do nur an vorhin denk, ich hab grad den ledschde Parkbladz weit un braait entdeckt, beraait mich uff den schwierige Eiparkvorgang vor, schbiel den Ablauf nochmol gaaischdig durch, schdeht doch do bledzlich aainer drin. Also so ein Pfau, sei Rad hat er halt in de Händ, lächelt, so wie er halt kann, also dümmlich, un quatscht noch von, wer zu schbät kommt, den bschdrooft des Lebe ebe! Mer kanns halt oder halt ned. Ich denk aaifach, du mich a. Mensch bisch du bleed. Aber des isch jo fir Männer noch allemol besser als digg, weils des jo sowieso niemand ufffalle dut. Dir hat d'Schöpfung halt en Knibbel zwische d'Fiß gworfe. Du hasch en Verschdand wie dein Vader, weil dei Mudder ihren noch habbe dut. Also wenn ich so an mein Mann denk. Aber ich wollt halt e Kind, aber heirate hab e aaigentlich kaains wolle.

Ja, was isch en des? Warum winkt mer denn do so e gladzköpfiges Rundwesen, Hos bis fascht unner de Achselhöhle, unne Hochwasser, aber e Krawadd bis nunner in de Schridd. Dann schwabbelt er uff me zu, un was heer e: „Gnädige Frau, ich fahr jedzerd weg!" Sollt ich me vielleicht? Un was muss e heere: „Soll ich Se noch eiweise?" Widder so en Macho, verpaggd als Biedermann.

Vielen Dank, ich find die Ligg a ohne fremde Hilf! Er fallt ins Auto un zeigt mer, was en Kavalierschdart isch. Do bin e im Schdaub gschdanne! Kaum war er drauße, war e a, nach dreimoligem Alauf, drinne. Dann mach e me uff de Weg. Ich dreff me nemmlich immer im Zyklus von eme Monat mit meinere Bekannde im Lokal, um uns auszutausche. Wer? Was? Wo? Mit wem? Wie? Wie oft? Warum?

Un iberhaapt.

Sinn Sie scho mol als Fra elaai in e Kneip? Also alle Männer henn nur zwaai Sache im Kopf. Geld isch des aaine.

Du bisch noch ned ganz drinn, gehn alle Köpf hoch, un scho bisch gedanklich nackig. Was will die? Will die was? Was sucht die? Sucht die was? Hab me dann sofort nagsedzd. Do hoggsch dann, von allene mit de Auge begrabscht, un musch aaifach zuhorche, weil alle ganz uscheniert laut rede dun. Außer ihne isch jo a niemand sonscht do!

Henn Sie scho mol so irgendwo erre Begrießung zuhöre misse. Hallo! Hallo! Na? Wie? Geschdern isch noch gange! Un sonscht? Alles klar? Na, dann! E Pils bitte un en Kurze. Aber denn brauchd er doch ned zu bschdelle! Do schdehn se dann an de Thek, schniefe mit de Nas, ziege d'Hos hoch, lange ins Gemächt un hängge aaifach um.

Un die Unnerhaldung. Immer nach dem Moddo: Woher waaiß ich denn, was e denk, bevor e waaiß, was e sag. De aaint verschdeigt sich in seinene Gedanke un maaint:" Aains hass e wie die Pescht, Vorurteile un, un Fraue am Schdeuer. Dann nadirlich immer wieder die Potenz. Also, ich denk, selte werre die durchgängige Tiefs von eme Hoch abglöst. Manches isch nemmlich nur Säbelrassle. Viel Wind um fascht nix!

Jede Beziehung beschdeht aus Gebbe und Nemme. Du gebsch, er nemmt! Kommt doch do aainer vom Klo, ziegt noch de Reißverschluss nuff un richdet ei. Also, sei Händ hat er also a ned gwäsche. Dann kommt se endlich, Zigaredd in de Hand, enghosig, also so Arsch frisst Hose. Sie schbricht mit ihrem Körber, un viel Auge heere zu. So nach dem Moddo: Ned jede elaaischdehende Fra isch a e elaai liegende Fra.

Sag jedzerd nix, sagt se, jo nix amerke lasse, schdell der vor, es dät se ned gebbe. Also en Mann im Haus isch besser als zwaai uff de Schdrooß. Aber sie denke halt, lieber heit wie morge, un mir denke halt, lieber heit un morge.

Des schwache Gschlecht isch un bleibt halt des schdärkere. Ganz aaifach, wege dere Schwäche vom so gnannte Schdärkere fir des Schwächere.

Mit was mer alles zahle kann

Friher, do war des aaifach, do isch aaifach gedauschd worre. Der hat dir sei Sach gebbe un du dem deins, un scho war des Gschäft erledigt.

Erschder viel schbäter in unsere Entwigglung isch dann des Geld in Umlaaf komme. Gold- un Silberschdigglen, un die hat mer dann in erre Geldkatz uffbewahrt un uffghobe. Manchmol wars nur en Heller oder als a en Batze, vielleicht a mol en Taler. Was dir heit aber so an Begriff fir's Geld begegne dut, do bliggsch fascht nimeh durch.

Wer kaain Grosche meh ghat hat, gmaaint isch nadirlich e Zehnerle, der hat kaain Rote meh im Sagg. Vielleicht hat er aber nur Großes, un es fehlt em nur's Minz. Er hats also grad ned klaai, aber Bares hat er. Denn mer waaiß jo, ohne Moos nix los, wo doch alles en Schdall voller Geld koschde dut. Aber ned jeder hat e Schdang Geld, also Geld wie Heu, also en Geldbeitel, wo immer Zahldag isch. Er hat halt nur e Konto bei de Rheinisch Sand- un Kiesbank.

Wenn aaim de Kies oder a de Schodder fehle dut, dann hasch kaai Monete, des haaißt kaai Pinke-Pinke, kaain Bulver halt. Ohne Zaschder hasch halt kaai Piepe, die Kohle sinn dir ausgange. So ganz ohne Flogge, ohne Penunze, bisch aaifach middellos, es fehlt der de Zimt.

Manchmol maainsch aber a, du bisch in de Menascherie, wenn's ums Geld gehe dut. Jedzerd isch der widder ohne Fleeh, ohne Migge, zum Kaardle komme. Waaiß a ned, was der mit seinene Meis mache dut, muss der vielleicht z'viel Möpps dehaaim uff de Disch lege? Der isch nie flissig.

Wenn de dann friher mol in Karlsruh ibber d'Schiene nibber verirrt hasch, also in Richdung Altschdadt, do hasch dann besser ned zviel Aaier, also maain Kohle, mitgnomme.

Im Miljö, wie mer des jo a nenne dut, bei uns sagt mer jo Kalabrich dezu, hasch dann vielleicht a mol heere kenne, wie die vom Diri Dari rede dun. En Hunnerder isch en Griner. Wenn was en halber Schein koschde dut, sinn des heit fuffzig Euro.

Viele henn jo heit gar kaai Geld meh debei, die klabbe aaifach ihr Briefdasch uff, un entfalde ihr Kaardeschbiel. Blaschdigkäärdlen in allene Farbe, sogar zum Telefoniere, duns Geld ersetze, un mer henn also nur noch bargeldlose Zahlungsverkehr.

Aber, was schmeisch denn dann dem Blinde, an de Egg, in de Hut?

Rappewört

Afange kennt mer die Gschicht frei nach em Knielinger Lied: Es liegt e Bad wie nirgendwo ... Maain e du e nadirlich des Rheischtrandbad Rappewört ohne th, oder uff Karlsruherisch ganz aaifach unser Rabbele.

Ned nur fir alte Karlsruher, des Freibad von de Freibäder. Mensch do gebbt's aaifach alles, in dem Bad, friher scho un heit zwaaimol.

Wenn du iberlegsch, scho 1929 eröffent, un mit de Elekdrisch, mit de Schdrooßebah, also mit öffentliche Verkehrsmiddel zu erraaiche, annerschder wie des Wildparkschtadion, aber des gheert jo ned do her. Die henn was denkt, damols, wo des baut worre isch, des basst heit noch. Un beim Bau henn die glei noch de Endesee, heit dätsch sage, e Biotop im Ökotop Rheiwald, mit entschdehe lasse. Dort henn se nemmlich de Kies un de Sand, die wo zum Bau braucht worre sin, abbaut. Also zwaai Fliege mit aainere Klabb gschlage.

Also, nei ins Bad jedzerd, wie war denn des friher?

Ich waaiß des, wie es war, erschder seit de zwaaite Hälft von de vierziger Johr. Die Elekdrisch isch widder bis an die kapuddig Aldrheibrigg gfahre, dort isch mer ausgschdiege, un in wahre Völkerschare, ibber e Pontongbrigg, nausgloffe, des war noch e scheens Schdiggle, aber annerschder ischs halt ned gange. Dann warsch endlich do, Schlange an de Kasseheisle, endlich warsch drinne.

Die Mädlen sinn glei nach rechts zum Umziege, die Bube nach links, wie heit a noch.

Umklaaide, die wo heit, nadirlich e bissle agebasst, noch ihren Zwegg voll erfille dun. Jedzerd hasch der en Schaddebladz unner denne alte Bäum gsucht, um dein Debbich nazlege un ums ganze Gfräs, was debei ghat hasch, auszupagge.

De halb Hausschtand hasch debei ghat. Manche henn sich damols, so was Ähnlichs wie e Hängemadd mit Bengel dra gliehe, un henn die dann in e Eisegschdell neigschbannt. Glege bisch wie e lebendigs Froogezaaiche. Donoch bisch sofort ab ins Wasser, ins Nadurbegge, des isch des do, wo heit Ente un Schwän rumschwimme dun, so lang als, bis mer blaue Libbe ghat henn. Sandschtrand, Nichtschwimmerbalke, rote Holzkreiz zum Ausruhe un e Schbrungtirmle uff Pontongs, Mensch, do hasch de als Junger so richdig ausdobe kenne, do hat kaainer gepfiffe un grufe: Bitte nur von de Schdirnseit eischbringe!

Die schdarke Schwimmer sinn in de Rhei gange, do ware a Pontongs mit eme Schbrungbreddle, un sinn uff die anner Seit gschwomme oder sinn sogar uff die vorbeifahrende Schiff gschdiege, ned ganz ugfährlich, bsonners bei denne lange Schlebbzig, manchmol noch zoge von eme Raddampfer. Annere henn sich uff de Luftmadratz vom DLRG-Häusle am ganze Bad vorbeitreibe lasse. Die Klaainschte henn am Beggerand gsandelt, Burge baut, oder henn ihr Uffziegdampferle fahre lasse. Aaifach schee!

Nach em Bade bisch zrigg an dein Bladz un hasch dei Fressalie auspaggt. Belegte, abkochde Aaier oder a Wurschtsalat in eme alte Gurkeglas, un dann isch gschbachdelt worre.

Ned viel schbäter uff de Schbortbladz, do wo heit des Wellebegge isch, zum Kigge. Annere henn kegelt, die Kugel war an erre Kett un hat um en Balke rum gschmisse werre misse, oder es isch mit de Rhönräder rumturnt worre oder mer hat sich am Barre oder am Reck versucht.

Von de Äldere isch dann a mol aainer mit aainere Richdung Altrhei verschwunne. Zriggkomme sinn se bal widder, voll mi rode Hibbel am ganze Körper, iberall Schnoogeschdich, e ganz nadirlichs Verhidungsmiddel, die henn de do nemmlich fascht gfresse, friher im Rabbele.

Die Erwachsene, un des isch wie heit a noch, sinn in de Wirtschaft uff de Terrass ghoggt, un henn sich am Flaaischbeschaue ergödzt. Heit gebts nadirlich noch meh Abwechslunge, Wellebegge, zwaai Schwimmbegge un e Kinnerbegge. Do, wo du friher gebade hasch, ischs heit verbote, wegerm Dreggwasser, aus gsundhaaitliche Grind. Hasch gnug Geld mitgriegt als Junger, hasch der e Brotwurscht oder a e Eis laaischde kenne oder du bisch, wie heit a noch, ans Milchhäusle gedabbt un hasch e Milch gnomme. Wenn e do an des Agebot von heit denke du!

Nach dem allem laadschd mer dann e Runde ums Bad rum un dusch de zaaige un nadirlich hasch geguggt un guggsch, wer sonscht noch do isch. Uff dem Weg begegensch heit wie damols de junge Midder oder de Omas mit de Kinnerschäse, die wo des Kind in de Middagsschloof schaukle dun. Alles schbielt sich nach em gleiche Muschder, wie friher, ab.

Ganz Gnidze henn dann a mol en Bligg in die Dameumklaaide risgiert, von wege obbe ohne un so. Aber des war alles geschdern, des griegsch heit allemol im ganze Bad gebote. Wie sich die Zeite un die Klaaiderordnung g'ännert henn!

Bei denne Bademode, do geht bei manche Bikinis, also Zwaaidaailer, de Bändel nimeh nur um de Bauch rum, ums Unnerdaail zu hebe, sonnern glei a noch durch de Hinnere, sonsch isch do nemmlich nix, dem Unnerdaail fehlt des Hinnerdaail. Es isch grad so, wie wenn beim Gschenkle eipagge des Schdiggle Babier zu klaai isch un du hasch nurs Schnirle zum Verpagge. Was soll's. Manche von denne Dame kenne eh ned ins Wasser gehe, weil des des Määk ap un die gschdeilt Hoorfrisur ned erlaube dun. Des isch aber bei de Männer ned viel annerschder. Do renne so eig'ölte Bodigebildete rumm, glänzig wie e Schpeggschwaard. Die sinn a ned zum Schwimme do, un ihr Badhos isch nix anneres wie e Suschpensorium oder a Imponierhos, hinne a bloß e Schnirle. Aber des brauche halt manche, un die Toleranz isch heit groß.

Was sich a ned verännert hat, ischs Dunke von de Mädle un die Arschbombe ins Begge, um uff sich uffmerksam z'mache, bei de Viecher dätsch des Balzritual nenne.

Uff de Grillschdation, bei de Ringtennisblädz, wird a immer noch durchghechelt, wer mit wem, welles Auto gfahre werd und wo mer in Urlaub nagehe dut.

Oder a, den Badazug kann die sich a nimeh laaischde.

Iberhaapt hat sich im Große un Ganze do ned so viel verännert, lenn mer mol die große technische Verännerunge weg. Do rufts immer noch aus derre große Lautschbrecheralag, uff de Rotkreizschdation befindet sich der ugfähr drei Jahre alte ... unsoweiter, unsoweiter, un, bei dieser Gelegehaait möchte wir ... unsoweiter, ihr wisst jo, die Gschicht vom Abdusche, vom Liegebladz un de Abfäll. Liege dun immer noch die do, wo se scho immer glege sinn, mit e paar meh Falde, e bissle Zellulitis, eme Ränzle un eme Muggeflugbladz. Hier un do ischs nadirlich scho die nächscht Generation.

Es isch a immer noch so, dass erschder aain haaiße Dag gwese sei muss, bevor mir Karlsruher ins Bad gehe dun. Aber so isch's halt.

A wenn du de vielleicht heit a ärgere dusch ibber die, wo im Begge immer quer schwimme misse oder ibber die, wo immer do Ball schbiele misse, wo du ligge dusch, in Gedanke werd scho de nächschte Dag geplant, dass du jo frih gnug do bisch, dass dein Bladz noch frei isch, fir dich un dein Debbich. Denn du gheersch jo a zu denne, wo scho immer do ware, un dei Kinner henn 's nadirlich a im Blut, des Rabbele un sonsch kaains, zumol jedzerd mit de Schdrooßebahn bis vor die Kass fahre kannsch, die Schiene sinn nemmlich verlängert worre.

Un jedzerd henn se a noch e Schbassbädle dezu baut, fir Kinner, mit Rutschbahne un annere Attraktione, so sagt mer doch oder net? Nadirlich fehle mer jedzerd mei Bahne, wo ich morgens immer im Vorgängerbegge gschwomme hab. Aber des isch jedzerd fir die Junge, dass die a uff de Gschmagg komme dun, dass des Bad, in seinere Art, aaifach Schbidze isch.

E Rechenuffgab im Zug von de Entwigglung in unsre Schule

Aus erre Volksschul im Johr 1950: En Bauer verkaaft en Sagg Kardoffle fir 20 Mark. Sei Koschde bedrage 4/5 vom Erlös. Wie hoch isch sein Gwinn?

Aus erre Realschul im Johr 1960: En Bauer verkaaft en Sagg Kardoffle fier 20 Mark. Die Erzeugerkoschde belaafe sich uff 16 Mark. Berechen de Gwinn.

Gymnasium 1970: En Bauer verkaaft e Meng Kardoffle groß K, fir e Meng Geld, groß G. Groß G hat die Mächdigkaait 20. Fir die Elementer klaai g aus Groß G gilt: Klaai g gleich 1 Mark. In Schdrichmenge musch du fir die Meng groß G zwanzig Schdrichle mache, fir jeds Element klaai g, aains. Die Meng von denne Erzeigerkoschde groß E, isch um vier Schdrichle weniger mächdig als die Meng groß G. Zaaichen des Bild von derre Meng groß E, als Daailmeng von derre Meng groß G. Gebb die Leesungsmeng groß L a, fir die Froog: Wie mächdig isch die Gwinnmeng?

Indegrierde Gsamtschul 1982: En Bauer verkaaft en Sagg Kardoffle fir 20 Mark. Die Erzeugerkoschde bedrage 16, de Gewinn 4 Mark. Uffgab: Unnerschdreich des Wort Kardoffle un diskutier mit deim Nochber ibber die meegliche Leesunge!

Aus de – Gott sei Dank ned weiter – reformierte Gsamtschul 1988: En kapidalisdisch privelegierte Agronom bereichert sich ohne Rechtferdigung a me Sagg Grundnahrungsmittel, do Kardoffle. Unnersuch den Text uff inhaltliche, grammadikalische, orthografische un Zaaichensedzungsfehler. Korrigier die Uffgabeschdellung un demonschdrier gegge die Leesung.

Schule 2025: Durch die fortgschrittene Umweltbelaschdung gebts kaai Kardoffle meh. Aber: Schdell de Mausgligg vom PC uff des Brogramm Kardoffle. De PC daailt uns mit: E Kardoffel wog im Durchschnitt 60 g. Froog: Wieviel Kardoffle kannsch du unner de zu Hilfenahm von Wasser aus 600 g, mit Vitamin agreicherder, Schdärke forme? Kreiz a: Leesung A: 200; Leesung B: 100; Leesung C: 10 Schdigg. Compjutergeschdeierte Rechner Typ A sinn erlaubt.

Nach erre Vorlag aus meinere Mathemadigfortbildung

Aus en dägliche Lebe

Scho guggt?

Scho mol guggt,
wie die guggt,
wenn se guggt
und widder guggt,
ob er guggt,
wie se guggt,
wenn se guggt,
wie se guggt.

Horch her!

Horch!
Horch her!
Horch mol her!
Horch doch mol her!
Horch doch jedzerd mol her!
Horch doch jedzerd mol endlich her!
Horch doch jedzerd mol endlich bidde her!
Horchsch jedzerd her oder ned?

Scho erzoge!

Sidz grad!
Geh uffrecht!
Heb dei Fieß!
Horch zu!
Finger weg!
Sei ned so frech!
Kannsch ned uffbasse!
Drödel ned so rum!
Reiß de zsamme!
Hab de ned so!
Dei Händ aus de Dasche!
Mach des Radio leiser!
Räum endlich dein Sauschtall uff!
Babbel ned dauernd dezwische!
Es wird gesse, was uff de Disch kommt!
So lang dei Fieß unner mein Disch schdreggsch!
Hör uff mit gautsche!
Ab in dei Zimmer!
Wenn du jedzerd ned spursch!
Bass uff, glei griegsch aaine!
Aber jedzerd, jedzerd isch endgildig Schluss!
Bis do na un ned weiter!

Wie's aaim gehe dut!

Wie gehts?
Na ja,
es geht so,
so la la,
mol so,
mol so,
danke gut,
ich will ned klage,
geschtern ischs noch gange.
Aaimol obbe,
aaimal unne.
Also gut,
wenn mers Schlechte ned rechne dut!
Na ja, mer kanns lasse.
Heit so un morge so.
Mer kanns kaum aushalte.
Also schlechte Leit gehts immer gut!
Un wie gehts dir?

Wie ebbes isch

's geht
Gut
Sehr gut
Saugut
Schbitze
Großartig
Aaimolig
Granademäßig
Ned zum Aushalte
Aaifach geil!

Heere un verschdehe

Heersch ? Verschdehsch?
Heersch me un verschdehsch me?
Heersch me aber verschdehsch me ned?
Heersch me ned un verschdehsch me ned?
Heersch me ned un verschdehsch me drotzdem?
Verschdehe maaint also heere.
Heere haaißt abber noch lang ned verschdehe!

Aaifach griegt!

Raus griegt
Nei griegt
Druff griegt
Dribber griegt
Rumm griegt
Runner griegt
Nibber griegt
Na griegt
Nuff griegt
Durch griegt
Uff griegt
Zu griegt
Zamme griegt
Nunner griegt
Naus griegt

Uff e schnelles Helles *oders* Feierobendbier

Ah, bisch du a do? Wie? Na! Also! Was? Wie? Naai! Sag bloß? Maaine doch! Gut, gell? E Bier? Un en Kurze! Also Proscht! Zum Wohl! Also des Gleiche noch emol! Zum Sege! Proscht Gurgl! Leber dugg de! Nunner muss es! Besser heit wie morge! Also alle gute Ding sind drei! Zwische Leber und Milz! Zum Wöhlerle! Auf dei Schbezielles! Des war 's! Also bis morge! Adee! Servus! Adele! Mach 's gut! Gruß dehaaim, wenn zu Wort kommsch! Also bis dann!

So en Lehrer

Wie soll er denn sei, so en Lehrer, so en Haagsaaicher? Nadirlich gerecht, zugleich a noch menschlich un noochsichtich un pinktlich. Uff de annere Seit soll er mit schdraffer Hand, aber doch taktvoll, un immer zvorkommend, uff die Winsch von jedem Kind eigehe. Debei solle Begabunge gweggt un gleichzeidig pädagogische un erzieherische Defizit ausgliche werre. Ned vergesse werre derfe nadirlich a die Sonnerwinsch von denne Eldere. Verkehrserziehung, Umwelterziehung, Suchtprofilaxe, Schdreitschlichtung un Aidsuffklärung sinn do selbschtverschdändlich. A außerschulische Kondakte, wie etwa Hausbsuch un Eltereschdammdisch sinn verpflichdent.

Nebeher soll er alle Kulturtechnike vermiddle un de Lehrplan genau eihalte. Un soll nie krank werre, weil sonscht nimeh zu schdopfende Bildungsligge uffdrete dun uffm Weg zum Schdudium. Hochbegabte un Begriffsschdudzige sinn gleichermaße zu fördere, wobei Freiarbaait, Lernzirkel un Lernthek beliebte Hilfsmiddel sinn, die jeder beherrsche muss. Nadirlich a Franzeesisch un Englisch in de Grundschul, ned vergesse dirfe mer de Compjuter. Des was vor 30 Johr schdudiert hasch, isch heit halt nimeh de letschde Schraai, musch de halt schdändig weiterbilde. Muldimedial sollsch de uff de neieschte Schdand bringe, dass alles in de Griff kriege dusch. – Also, mer kann des Berufsbild Lehrer ganz aaifach erkläre, mer schdellt sich en Wanderfihrer vor, der e Grubb von Schbidzeathlete, e Heifle Gehbehinnerde un en Daail normal Laafende bei Nebel durch felsigs Glände fihre dut, un zwar ganz aaifach so, dass alle immer bei beschder Laune sinn, debei ned iber- oder unnerfordert werre, un alle zu de gleiche Zeit, an drei verschiedene Zielörter, akomme dun. Nach dem Moddo: Jedem Schiler recht gedu, des kann jeder, sogar du!

Umgang midenanner

Was, was wolle Se?
Wer, wer hat en Sie gfroogt?
Wer red denn mit Ihne?
Halte Se doch de Mund, Mensch!
Aber mit so was gebb e me doch gar ned ab!
Ach, Sie henn se doch ned alle!
Wenn Dummhaait weh dät, däte Sie de ganze Daag schreie.
Des, des gebbt's doch aaigentlich gar ned.
Hat mer so was scho erlebt?
Des isch jo boodelos!
Wo sinn mer denn aaigentlich?
Also so was isch mer noch gar ned unnerkomme.
Do heert sich doch wirklich alles uff.
Jedzerd schlagt's aber dreizehne.
Also noch aai Wort, un ich vergess me.
So, so klaai mach e de.
Aber so ebbes, langt mer jo gar ned a.
Ich mach mer doch Finger ned dreggig.
Waaisch was, du kannsch me grad kreizweis!

Fußball

Schbort, des war jo friher die herrlischscht Nebbesach von de Welt. Heit isch aus dere Nebbesach, also dem Fußball, e riesige Hauptsach worre. Bsonners bei uns in Karlsruh, wege dem Schbortclub, unserm KSC. Also aaimol obbe, aaimol unne. Zur Zeit laaider widder unne, also nadirlich widder uffm Weg nach obbe! Do wird jedzerd immer meh von unsere Sach, also von derre Hauptsach berichdet. Dodebei hat sich e Schbrooch endwiggelt, die nur noch vom Fän, also vom Ahänger, vom Reporter un von de Zeidung verschdanne werre dut.

Also, was sich bei dem Vorgang, derre Hauptsach, kurz a Schbiel gnennt, alles an Fußballdeitsch, also an so gnannter Fachschbrooch zaaige dut? Des musch der erscht mol uff de Zung vergehe lasse un im Kopf eisordiere.

Bei de Vorhersag dut's scho afange, also Aschdoß isch um 20.15 Uhr. Also wer schdoßt denn do wen? Also gut, do gebbts also Aschdoß, wenn agschbielt wird, also wenns los gehe dut, de Ball wird nemmlich gschdoße, wenn er gschbielt werd. Oder im Schbiel gebbts Schdroofschdoß, mer sagt a Elfmeter, zum Beischbiel bei Hände oder Faul im Schdroofraum. Also in dem Vieregg, wo's ebbe bei Hände oder Faul, also bei Regelverschdoß oder bei erre Schwalb, also so eme Kunschtflug, also bei Vordäuschung von falsche Tatsache, also bei Bschiss ebbe, halt Schdroofschdoß gebbe dut.

Ansonschte gebts noch de Freischdoß, also de Schbieler derf de Balle, wie beim Elfer, frei schdoße, nur mit e bissle Behinnerung vom Gegner. Die dirfe e Menschemauer in neun Meter Abschdand uffbaue, un alle Maurer hebe die Händ vor de Unnerleib, weil se Angst henn vor eme Laddeschuss.

Also der Freischdoß oder a de Schdroofschdoß werre ned gschdoße, wie mer maaine kennt, sonnern gedredde oder gschosse, wie im ibrige nadirlich a de Eggschdoß oder a de Eggball, denn mer nadirlich a schlage kann.

De Aschdoß wird aber ned gedredde, sonnern ausgfihrt, sonscht dät der jo Adridd haaiße. De Abschlag, also de Abschdoß vom Tor, werd datsächlich gschlage oder gschdoße. Es wird also abgschlage, oder abgschdoße und ned abgedredde.

Wenn du jedzerd bei derre Schdoßerei un Dredderei, also im Schbiel, also bei derre Hauptsach, so ganz nebbebei dem Gegner sein Fuß dreffe dusch, dann hasch du den ned gschdoße, sonnern gedredde. Schdell der mol vor, wenn nach so me Fehlschdoß, maain nadirlich Fehldridd, im wahrschde Sinne des Wortes, de Gegner zrickdredde dät, also e Rewangschefaul begehe dät, dir also a sonscht wo nadredde dät, dann isch des kaai Driddfolge, sonnern e Tätlichkaait, also e Folge von dem Fehldridd. Noch Frooge?

Also, nach so me Fehldridd gebt's Freischdoß, des isch nochmol en klare Beweis do defir, dass beim Fußball a gschdoße un ned nur gedredde werd, sonscht dät der jo Freidridd haaiße.

Also, ob so en Dridd a en Schdoß wert isch, des entschaaidet de Schiedsrichter, genauso, wo der Schdoß ausgfihrt werre derf oder muss, also ob des en Schdroofschdoß oder en Freischdoß isch.

Also, jedzerd noch ebbes zum Auswärtsschbiel. Also ganz klar, die Hälft von allene Schbiel finnet immer auswärts schdatt. E ganz klare Benochdaailigung von denne auswärdige Veraai. Auswärtsschbiel gehn nemmlich maaischdens in d'Hos, also verlore. Henn also fir die Gäscht en negative Schbielausgang. Die Gaschtgeber henn maaischdens de längere Atem. Mer geht zwar hochmodiviert in des Auswärtsschbiel, aber dann, in de Höhl vom Löwe, isch manchmol alles ganz schnell vorbei.

Kaum isch agschdoße, isch scho alles rumm, vorne kaainer neigriegt, defir aber hinne zwaai, also verlore. Also des Schbiel isch fascht vollends an uns vorbeigloffe.

Mir henn zwar die Räum hinne eng gmacht un henn e Abseitsfall uffbaut, es isch aber kaainer neigfloge. Sie wisse ned, was Abseits isch? Also des isch ganz aaifach. Abseits isch immer dann, wenn de Schiedsrichder pfeife dut! Zviel Schdockfehler un Befreiungsschläg henn uns des Lebe schwer gmacht, bei uns isch nix gange. Mir henn kaain aainzige Konter fahre kenne. De Gegner hat nemmlich im Middelfeld scho Pressing gschbielt. Sie sinn halt wie d'Presser nebbe unsere Schdirmer gschdanne. Un dann noch de Schiedsrichter, also de sogenannte Upardeiische, der Blinde, also dem Gegner sein zweelfte Mann.

Un dann noch de Bladz, also von Rase will e jo do gar ned rede, also so wie e Berg- un Dalbahn, mer kennt a sage Sauweid, der Ball isch iberhaapt ned gloffe.

Fußball hat jo viel mit Rase zum du, die Schbieler rase iber de Blatz, es ertönt rasender Beifall, der rasende Reporter rast zum Telefon, un de Schiedsrichter rast in d'Kabin, um sich vor derre rasende Meng zu schidze.

Also, insgsamt g'sehe, war's dann unnerm Schdrich doch scho e ugliggliche Niederlag.

Aber des nächscht Mol henn mer e Haaimschbiel, do sinn mir voll modiviert, do gehn mer volle Pulle un lenn vorne nix abrenne. Also de Balle flach halte un hoch gwinne. Do halte mer druff, un des Runde muss in des Eggige.

Also jedzerd aber Abpfiff, also kaain Ausschdoß, also ferdig, die 90 Minute sinn rum, de Balle isch rund, un nach em Schbiel, isch vor em Schbiel, uns nächschte Schbiel, isch immer des wichdigschde Schbiel. Unn immer dra denke, de Balle schee flach halte, bei allene Diskussione ibber unsern KSC, denn von unne geht's immer nur nuffzus!

Unser Kaiserschdrooß

Die fangt, wenn du uffm Schdadtplan guggsch, am Durlacher Dor a un heert am Mihlburger Dor uff.

Wenn aber en Karlsruher von de Kaiserschdrooß schwädzt, maaint er nadirlich, a heit noch, des Schdiggle zwischerm Marktbladz un de Hauptposcht, maain nadirlich Eiropabladz. Wo se ihren Name her hat, des isch jo ned schwer zum erkläre, nachdem se ganz am Afang jo Langeschdrooß ghaaiße hat, un a in denne kirzeschde tausend Johr, wo es jemols gebbe hat, sogar ihren Name hat b'halte dirfe.

Wenn en Karlsuher, der jo in de Schdadt wohnt, sagt, er geht in d'Schdadt, dann maaint er immer die Magischdrale, des ischs Zentrum oder a die City.

Friher bisch do aber ned nur zum Eikaafe gange, naai, do bisch na zum gugge oder zum gsehe werre. Do isch mer schbaziere gange, aaimol nuff un aaimol nunner, do isch mer flaniert, do hat sich des Lebe abgschbielt.

Nadirlich war do a scho die Elekdrisch unnerwegs, aber a Autos, kurz aaifach alles, was zum Schdrooßeverkehr gheere dut. Sogar Parkblädz hat 's gebbe.

Do isch mer amol, ohne an die Umwelt zu denke, mit seim Karch ruff un runnergfahre, oder isch mit de Lädi, im Damesidz hinnedruff, mit seinere Veschpa e bissle agebbe gfahre. Do war Lebe! Mensch, en Haufe Kinos, Kaafhäuser, Cafés un nadirlich des Moninger, friher de Hauptausschank von derre Brauerei, heit laaider zu erre Hauptausgabeschdell von Telefon worre. Aber so ännere sich Zeite halt.

Wenn du dei Tass Kaffee mit eme Rundbligg ibber Karlsruh hasch versiße welle, bisch nuff ins Turmcafé, oder du hasch im Grande en Espresso gschlirft oder im Café Nagel en Kuche verdriggt. Aber ned nur des, Feikoschdläde, Kurzwareläde, Tabakgschäftlen, Gudzelläde, kurz, uff derre Schdrooß hat's aaifach alles gebbe.

Du hasch aaifach die Qual der Wahl ghat, es war alles do, un alle henn lebe kenne, un drotzdem isch de Löweadaail von dem Oschd-Weschdverkehr durch die Schdrooß gange, manchmol isch se scho vor em Infarkt gschdanne.

Jedzerd isch de Zug der neie Zeit komme, zviel Verkehr in de Inneschdadt, zviel Kunde mit em Audo unnerwegs, zviel Parker, die vor de Gschäfter ihren Eikaaf im Kofferraum verschdaue dun.

Die Leesung war ganz aaifach, also die Autos naus aus derre Schdrooß, un die Fußgängerzon war gebore.

So e Fußgängerzon isch e Bombesach, aber bei uns isch des meh e Fußgänger-hipf- un -schbringzon, immer von aainere Schdrooßebahn zu de annere. Do fahre die Großraumwäge dicht an dicht, von wege flaniere un so, Pfeifedeggl.

Isch abber a scho mol an die Wagefihrer denkt worre, des isch fir die a e Mords-Belaschdung.

Aber zrigg zu derre Schdrooß. Wen willsch denn do noch sehe? Verschdehe dusch sowieso bal niemand meh, weil mer jo heit e buntgmischde Siduation henn, Leit un Schbrooche aus aller Herre Länder. Obends isch do dote Hos, was willsch denn noch in de Schdadt. Wirtschafte, ich maain Wirtschafte, so gut wie kaaine meh. Danze kannsch a nirgens meh nagehe. Un Schaufenschter agugge? Aus derre Schdrooß isch fir mich e Schuhaikaafszendral worre, denebe noch Kaffeegschäfter, Parfümerie und Budike, die morge annerschder haaiße wie heit. Öfter mol was Neies. Un dann iberhaapt, die Gschäfder sinn heit alle so klaai, wege de Miete, dass se die Hälft von ihrem Zeig vor em Lade, uff de Schdrooß schdehe henn, dass nadirlich jeder alles alange, maain nadirlich agugge, kann.

Aus derre Vielfalt von friher isch heit aaifach „Aaifalt" worre, so nach dem Moddo Schuh, Klaaider, Hose, Parfüm un Krem in Dose. Uffgwerdet worre isch die frihere Durchgangschdrooß – immer noch die aainzigscht Oschd-Weschdverbindung fir Schdrooßebahne un die Schdadtbahne – durch Klaaipflaschter, Bäum fir die Hund, Bänk fir Wohnsidzlose un nadirlich Brunne. Wasser hat Blädz un Schdrooße scho immer lebenswert gmacht. Abber bei unsere Brunne, so vom Aussehe her maain e, also ich waaiß ned, meh will e do dezu ned sage.

Ned vergesse dirfe mer de letschde Schraai: e Bedirfnisheisle, eipaggt in so ebbes, fascht wie e Litfasssäul. Fir de Notfall sicher, aber scheniert mer sich do ned, so in aller Öffentlichkaait, vor de Auge von allene, uff's schdille Örtle zu gehe?

Abrobo Uffwerdung, de Versuch, de Eiropabladz a nachts widder fir alle dodal sicher z'mache, isch jo laaider noch ned so ganz gegliggt. Was do alles so rumschleiche dut!

Zu esse griegsch gnug uff derre frihere Flaniermaail, Pizza, Döner un nadirlich so Faschd Fud Zeigs, von dem dann aschließend noch die Schdrooßefeger die Babbedegglschachtle, Dose un anneres zammefege misse.

Also, am Eiropabladz isch des mit derre Uffwerdung, nach maainere Maainung, noch nix so richdigs worre! Un am Marktbladz? Gloggeschbiel, na ja, Gmis un Blimlesmarkt scho besser, Schdihl vor em Café, a recht, un jedzerd noch de Versuch, mit derre Weihnachdsverkaafsschau, von Chrischdkindlesmarkt will ich perseenlich do ne rede, un dann noch die Verpflegungsveraschdaldunge. Aus Marktbladz werd „Schlemmerbladz" maaine die, nur weil mer do jedzerd Schambus, Frutti di mare, Brotwurscht, Bubeschbidzle un Bier griege dut. Also gut, es kann nur noch besser werre. En Versuch isch des allemol wert, die Inneschdadt so zu belebe.

Was aber nix an derre Tatsach ännere dut, dass des Agebot uff derre Magischdrale im Vergleich zu friher dodal verarmt isch. Aber noch lebt se, aber es isch finf vor zwelfe, es muss was bassiere, sonscht gehn mer nur noch uff de grine Wies eikaafe, un die aainschdig Prachtschdrooß isch nur noch e Awenü de Parfümerie oder en Bulewar de Closchar.

Von Maläschde un malad

Wenn bei uns aainer krank werre dut, also ebbes ausbriede dut, oder vielleicht scho ebbes habe dut, dann hat er Maläschde, er griegt d'Kränk oder a de Pfipfes, kurz gsagt, er isch malad.

Mer seht aus wie des Kätzle am Bauch un isch grandig un muffzig. Es isch aaim aaifach ned recht, mer fihlt sich ned wie annere Fraue. Vielleicht hat mers Ranzeblidze oder a Malör mit de Bump oder mit de Bloos. Es isch aaim ganz blimerant, un mer isch ganz blass um d'Nas oder a ganz nass um d'Bloos.

Manchmol ischs a bloß en Gluggser oder mer hat halt de Ranze verdorbe.

Wenns dann dei Schdimm noch verschlage dut, bisch haaiser oder du hasch e Grodd im Hals. Dezu kann nadirlich a noch en aaifache Kodzer oder sogar en Schbauchzichkotzer komme. Bei so me Huschde helft dann vielleicht Gurgle mit eme Salbeiteele. Aber wenn dann noch so e Freschdle am ganze Leib dezu komme dut, dann musch noch e Fußbad mit haaißem Essigwasser mache, dass es alles aus der rausziege dut. Musch nur fescht dra glaabe, dann glaabsch a dra.

Haschs Ranzeblidze, kann a noch de lang Gang dezu komme, un du dreffsch aus drei Meter in en Flaschehals. Ganz schlimm drefft des nadirlich, wenn der beim Schaffe bledzlich d'Hex neifahre dut un du wie e lebendigs Froogezaaiche rumlaafe dusch un der ned emol me dei Schlabbe binne kannsch. Do heersch dann a noch so bleede Schbrich, zu deinene Schmerze dezu, wenns hinne weh dut, musch ..., also ich will des ned weider ausmole. Aber wer de Schade hat schboddet jedere Beschreibung.

Wenn des nemmlich chronisch werre dut mit dere Hex un vielleicht noch Reimadis un Malör mit de Fiß dezu komme dut, dann legsch de am beschte ins Nescht, mit eme haaiße

Beddfläschle, aber kaains mit zwaai Ohre. Scho seit Dage horche in me nei, wo mir's denn fehle kennt, was ich denn ausbriede du, un wie krank ich werre du? Jedzerd brauchsch aber noch jemand, wo mit der fihle dut un wo de eischmiere dut. Des derf aber kaaine sei, wo an der rumdogdere dut, sie muss scho uff dei Notlag, dei Schmerze, eigehe kenne, un vor allem a welle.

Mit Alkohol kannsch ned behandle, heechschdens äußerlich, sonsch kriegsch womeeglich noch Schäddelweh oder en Hoorschbidzekardahr dezu.

Un zudem hat se des Fläschle weggschlosse. Wenn du jedzerd Pech hasch, un du hasch so en Dragoner dehaaim, so e verkabbde Dogdere, wo maaint, se kennt de durch un durch, dann hasch dei letschdes Ferzle glasst.

Die kuriert de, Gosch ghalte un naglege un ligge bliebe un heer mer mit derre Joomerei uff, un do debei badscht se der, ganz liebevoll, ihr haailende Händ, voll mit Schmodze, ins Kreiz.

Du maainsch grad en Esel hätt de gedredde. Dann noch en Lumbe voller Haailerd, so haaiß, dass du faschd an Degg fahre dusch vor Hitz. Sodele maaint se, dann kannsch morge widder ins Gschäft, un mach kaai so Schnoogedenz weger dem bissle Zeigs do, un hab de ned so weger jedem Dreggle, un von wege schtarkem Gschlecht, wenn ihr Kinner kriege missdet!

Wenn jedzerd ned uffbasse dusch, verordnet se der a noch aain von ihre Haailkreitertee, un die schmegge alle wie Ladernemascht ganz weit unne.

Do ziegsch lieber de Kolbe unner dei Bedddeck, nemmsch e Midz voll Haailschloof un guggsch, dass du ibber d'Runde komme dusch, dass du widder uff dei Fieß komme dusch, dass dei Maläschde kuriert sinn, un dass du widder graddle kannsch. Besser im Gschäft von Schmerze gebloogt als dehaaim schdändig die schbitz Gosch von meinere bessere Hälfte.

Ich mag se jo, aber von krank sei, so richdig männerkrank, von denne Schmerze iberall, verschdeht se gar nix. So isch se jo lieb, un macht kaai Malör, aber wenn du's schbire dusch, dass du so richdig krank bisch, aaifach Schmerze iberall, in allene Glieder e Ziehe, do hat se kaai Ahnung! Do wirsch kuriert, so schnell kannsch gar ned gugge, wie du widder gsund bisch. Nix isch mit Krankeschei un dehaaim bleibe un sich verwehne lasse. Die dreibt de widder a, un macht de fidd, weil du jo am Samsdag a noch de Rase mähe musch un die Groß Hausordnung zu mache isch. Manchmal kenntsch du grad maaine, sie hat en Röntgebligg. Sie guggt grad in de nei. Aber sie kennt halt ihren Pappehaaimer, un kann krank und krank, ganz genau unnerschaaide. Die macht'r widder Fieß. Vorwärts, lass de ned hängge und gugg, dass d'Land gwinnsch, uffgschdanne, raus aus em Nescht un ab ins Gschäft, du Labbeduddl.

Wenn du mol misse musch *oder* ’s bressiert

Isch Ihne des a scho mol bassiert? Also so ganz bledzlich, also mer kanns kaum me verhebe, mer schdeht do un kneift alles zamme, mer kann sich nimeh von de Schdell bewege sonscht, sonscht isch’s bassiert. Also so en Drugg, so en Drang, mer sollt’s net fir meeglich halte. Also Kaffee isch des schnellste Gedränk von derre Welt. Also in derre Siduation isch unne naus scheener wie oben ei! Un wenn jedzerd zu dem ganze Drugg uff de Bloos a noch so e Grummle im Bauch komme dut, also es endwickelt sich so e menschliches Rühre, des isch vornehm fir Bauchweh oder a Ranzeblidze. Wobei des ledschdere mei Problem am Beschde beschreibe dut. Also ich muss, wenn e ned schnellstens mei Notdurft irgendwo verrichde kann, also do na gehe kann, wo a de Kaiser zu Fuß geht, dann garandiere fir nix meh! Also des isch meh als aaimol fir klaaine Bube! Aber wona, wo kannsch denn noch middl in de Schdadt ? Wo isch denn noch so e öffentliche Bedirfnisaschdalt, so e Klo fir Notfäll? Friher hat’s do als noch die Tiefabortalage gebbe, aber die henn se jo fascht alle zu gmacht, wege de Zerschdeerungswut von denne, wo de Durchfall im Hirn habe dun. Manche sinn aber a gschlosse worre, weil in denne e mords Hitz war, es war halt dort viel zu warm.

Also ich halts fascht nimeh aus, aber grad so in e Lokal neischdirme, des isch do kaai Leesung, gut, im Augeblick scho entschbannend un befreiend. Aber wenn do alle! Bei uns gebbts jedzerd so was Ähnliches wie Plakatsäule, nei net nur fir Männer, wie sie vielleicht denke dun, dass die sich dodehinner verschdeggle kennte. Weil Männer henns jo uff de aainte Seit sowieso viel aaifacher wie Fraue, obwohl des manchmol scho e große Sauerei isch, also Sie wisse scho, was e maain!

Aber die Plakatsäul isch gar kaai Plakatsäul, des isch öffentliches WC. Halt do isch jo gar kaai Wasser, des isch jo e CC, also e Chemieklo. Also e Klo mit erre Schiebedir, aber halt middl uffm Gehweg vor de Auge von allene, wo do vorbeilaafe dun, halt ganz aaifach e öffentliche Bedirfnisaschdalt! Abber, könne Sie misse, wenn alle wisse, dass Sie misse? Naai, naai e Fenschder hat des Häusle net un a kaai Herzle. Aber mir isch des egal, ich hab scho ganz klaaine Auge vom Konzendriere. Also die fuffzig Cent neigschmisse, die Dir geht uff, e Wolk von Desinfektionsmiddel, un alles guggt, geht er jedzerd nei oder net? So hab e halt gmaaint, un bledzlich war der Drugg weg. Aber bloß so lang, bis die Dir widder fascht zu war. Ich schnell, also fir mein Zuschdand fascht zu schnell, de Fuß dezwische. Schließlich bin ich jo in Vorkasse gedredde un ansonschte wär jo uff mein Fuffziger im wahrsten Sinne des Wortes gschisse gwese! Aber egal, nix wie nei, sonscht bassiert noch e Malör! Sogar en Klaaiderhooke un dann also endlich, also Sie wisse scho, also es war meh wie en Notfall! Aber wenn du dann so sidze dusch; jawohl kann mer, weil vor deinene Auge die Brill desinfiziert wird. Un immer die Angscht, dass bledzlich en Kranwage komme dut un des Häusle weglipfe dut, mit dir uff de Schissel! Un irgendwo glehrt wird, also alles zammt dir, alles unne rausfalle dut, also du un die ganze, alles ebbe was drin isch! Aber die Notlag hats jo so verzwunge. Haubtsach isch aber a, dass genug Babier do war. Fehlt jedzerd bloß noch, dass sich am End e Lautschbrecherasag bei der fir dein Besuch bedanke dut, un vielleicht a noch, beehre Sie uns bal widder ! Beim Nausgehe nadirlich widder alle Bligg uff dir, au gugg mol der, der hat uffs Klo misse.

Also aains kann ich Ihne sage, besser uff dem Häusle do, als wie neilich uff derre vornehme Toaledd do, Musikberieslung von obbe, Kölnisch-Wasser-Duft un alle Kabine bsedzt. Ich klopf an aainere un sag: „Mensch mach, mir bressierts!“ Sagt der doch: „Mensch, haschs du's guuut!“ Beim Händwäsche dann kaai Wasser, Fußtaschde naai, also Händ unner de

Hahne, a jedzerd, die aaint Hand verbrieht, die anner unner de Saaifeschbender, klatsch, die Hälft uff de Bode, de Rescht uff de Sakko! Mei Händ wollt e dann noch unner dem Warmluftbloserle, dem Fingerfön do, drockne, wenn's gange wär!

Ware Sie schon mol bei so re Freiluftveraschdaldung, so me Open Air, also Musich im Freie un dezu Gedränke in große Menge? Was mer dann dort beim Ausdredde, also beim Bsuch von denne mobile Toaleddealage erlebe muss. Also ich kann Ihne sage! Das Dixi-Klo! Betonung liegt erscht mol uff das, also Neutrum, also sächlich. Isch nadirlich aber klar, denn die Häuslen sinn jo fir Männle un Weible, also nachenanner nadierlich, also geschlechtsneutral. Nachts als a mol zamme, aber des hat dann mit Klo nix meh zum dun. Also e lange Reih von denne Häuslen, dicht an dicht, e mords Intimsphäre halt, also gemeinsames Hygienebankdrigge, mit de ganze Beglaaitmusich halt, von de Bihn, un von links un rechts. Un vor jedem Donnerbalke mindeschdens zehn Fraue bei gymnaschdische Ibunge, verschränkte Fieß, oder es werd von aaim Fuß uff de anner gedrebbelt. Also von wege schdilles Ördle! Un ibber dem Ganze schwebt, ned ubedingt de Duft von de große weite Welt. Komisch, Männer sehsch mer so gut wie kaaine. Die schdehn nemmlich dehinner, also hinner denne Häuslen, ganz Kavalier wie immer, henn ihren Misser rausgholt un verrichte ihr Notdurft im Freie. Sie folge halt ganz aaifach dem Ruf der Nadur. Im Prinzip jo e riese Sauerei, aber was willsch denn mache, wenn du die Nodlag von denne Fraue sehsch, un du von de Nadur halt bevorzugt ausgschdattet worre bisch, un do dredd mer jo gern ins zwaaite Glied zurigg! Abrobo, wisse Sie ibrigens, welches der am maaischde beaschbruchde Musgel isch, wenn mir Männer im Freie? Des isch de Naggemuskel, wegerm schdändige Gugge, ob a kaainer komme dut!

Des isch meh so e „Latrina Publica", aber des isch wenigschdes des ganz Gegedaail zu denne Toaledde in unsere Bahnhöf, wo du vor eme Drehkreiz schdehe dusch, un erschder nach dem Eiwurf von eme Euro, kannsch dann deim dringende Bedirfnis nochkomme. Also do kennscht grad direkt vor des Kreiz ... Abber „Pecunia non olet“, also Geld schdinkt ned, des henn scho die alde Römer gwisst, die wo des Bezahlklo, also die Bedirfnisschdeier, im Prinzip erfunne henn. Aains muss mer abber scho sage, sauber sinn die Alage heit, also eiwandfrei. Bei de Männer Schamwänd zwische de aainzelne Urinale, dass der kaainer zugugge kann, un halt a kaai Schbrich meh an de Wänd wie: Schbridz ned so du Ferkel, man holt sich sonscht de Ekel!“ Un noch annere nadirlich.

Aai Problem isch abber bis heit ned gleest. Sinn Sie scho mol als Opa, mit ihrer Enkeldochder, der Not gehorchend, vor de Auge von vielene Siddlichkaaitshiter un ganz genau Beobachder, uffs Männerklo?

Wie wärs denn mol mit eme Jingere

Also, in meinere Damesauna, bei uns do in derre Saunalandschaft im Vierordtsbad, so zwische de aainzelne Gäng, do kannsch jo ned nur ruhe oder denne annere ihr Falde zähle oder ihr Gwicht schädze, denn uff d'Woog gehn se jo nur hehlinge. Und du wersch gmuschdert, von obbe bis unne. Die kenne dein Körber, un dei paar Schwachschdelle, besser als wie du! Do werd alles gschbeichert un beim nächschde Mol vergliche. Es könnt sich jo ebbes nochdaailig verännert habbe!

Do kennt mer eihooke un dribber, ganz am Rand mol, e Wörtle verliere. Sauna isch fir alle die Schtunde der Wohrheit, ohne miedertechnische un kosmetische Hilfsmiddel!

„Sag mol, isch dei Mann langsam ned zu alt fir de?", froogt me do die Elaaischdehende, aber immer Suchende. Ich denk, was haaißt denn do langsam, aber des geht jo die, wo gar kaainer habe dut, en feichder Kehricht a.

„Warum, wie alt bisch denn du jedzerd?", hab e sofort den Giftpfeil zrigggschosse.

„Ha, sechzig un e paar Monat."

„Ja, zum Daail jedefalls, ansonschte, sechzig un 65 Monat", hab e gsagt. „Un dei Faldemask kannsch in de Sauna ruhig runnernemme! Un, warum bisch du aaigentlich ned verheirat?"

„Ach, die Ehe isch doch e Lodderieschbiel!"

„Ja, ja, un du bisch halt immer noch im Lostopf, gell?"

Des Gschbräch war blidzardig beendet. Humor isch halt im Lebe des Aainzige, was mer ernschd nemme muss, alles annere musch halt mit Humor nemme!

Aber ins Grible dut mer scho komme. Und wenn dann noch die Fachzeitschrift aus em Schokoladehandwerk in dei Händ kriege dusch. Also, ich komm jedzerd ned uff den Name, also so siße klaaine Schdigglen, die gebt's a von Lindt oder von Trumpf, naai, ned Beggerblume. Also ich komm jedzerd ...

Was, wie maaine Se, richdig, Praline. Ach, Sie lese die a? Also Sie, die Bilder, do kennscht der scho mol vorschdelle, wenn du gfroogt wersch, welches isch denn ihr Mann? Do, der dunkelhoorige, schlanke, braungebrannte, muskelige an de Bar.

Un ned der klaaine Digge, mit derre Halbglatze, un Bier formte seinen Körper. Sonnern Waschbredd, schdatt Ränzle. Gut, iber de Intelligenzquotient rede mer ned, aber mer will jo a ned Abidur mit em mache. Aaifach nur, halt so. Also die Gedanke sinn frei. Aber mir werre jo a ned jinger, wenn e me so umgugge du. Un Körper isch doch in unserm Lebensabschnidd ned alles. Aber wenn e so an mei Aphrodisiakum dehaaim uff de Kautsch denke du, sanft entschloofe, des Verfalldatum von de Haut scho e bissle abgloffe, e Feddschirzle iberm Hosebund hänge. So en Druthahnhals, so e Gschlabber, also z'viel Haut unnerm Kinn. Un uffm Disch schdeht sei Fläschle Bier. Schee, dann schdeht wenigschdens ebbes. Also so atriebslos trieblos.

Aber schlechte Nochrichte von eme Mann gebts jo gar ned, der Mann als solcher isch die schlecht Nochricht. Aus erodisch isch sklerodisch worre. Aber regelmäßiges Versage isch a e Art von Zuverlässigkaait. Es isch leichter e schdarke Fraa schwach zmache, als en schwache Mann schdark. Ned jeder, wo in d'Knie gehe dut, setzt a zu me große Schbrung a. Also zu allem fähig, maaint er, aber halt zu nix zu gebrauche, aber des weiß er jo ned. Un Invalide verzähle viel vom Krieg. Also Erinnerung dredd an die Schdell von de Hoffnung. Manchmol ischs jo schee, wenn du en Mann firs Lebe kenne glernt habe dusch, scheener ischs vielleicht, wenn du e paar meh kenne dusch.

Also jedzerd sinn aber mei Gedanke mit mer durchgange, so kenn e me jo gar ned!

Aber er, also meiner, bledzlich iberall Hoor, in de Nas, in de Ohre, nur nimeh uff seim Kopf. Jeder Mann hat halt zwaai

Gsichder. Aber warum dragt meiner immer nur des aaine? Un immer länger werrendes Alaafnemme fir immer kirzer werrende Schbring. Alles dauert länger, morgens a im Bad, also des Reschdauriere dauert ewig. So nach em Rasiere, un in derre Duftwolk vom Douglas, maaint er immer, mer fihlt sich wie zeh Johr jinger. Dann, denk e, rasier de halt mol obends. Un dann im Laaf des Tages, aus dem Duft wird dann so en haut goût, also er riecht dann so schdreng, fascht so e bissle wie klaaine nasse Hund. Es lasst alles noch, un was henn mir friher fir en scheene Boge pinkle kenne. Nur des Fernsehe des wird meh. Un dann noch frech werre. Uff die Froog: „Musch du immer vor derre Glodze hogge?"

„Naai, des mach e freiwillig!"

Ja, ja, ab un zu fihrt halt nur de Partner e gliggliche Ehe!

Also, so was, des isch manchmol wie bedreites Wohne. So en Mann im Haus, der isch oft so im Weg, und die Axt hebt a en annere.

Also, e Fra ohne Mann, des isch wie en Fisch ohne Fahrrad. Don't marry be happy!

Wenn Männer männlich sinn, dann sinn Fraue göddlich. Wenn 's kaai Männer gebbe dät, gut, es gäb vielleicht weniger Krieg, aber do defir lauter digge Fraue.

Also, Männer sinn Luft fer me, aber ohne Luft kann e halt ned lebe. Nix gege Männer, aber vielleicht kaainer meh schdationär, nur noch so ambulant.

Aber was solls, jede Fra folgt dem Mann, wona se will.

Also, mir muss de ledscht Uffguss e bissle Durchenanner im Kopf gmacht habbe. Also was hasch, hasch, un es kommt nix Besseres noch. Un wie haaißts: Aber lieb, aber lieb sinn se doch. Wenn se schloofe un ned schnarche.

Edition Mundart

Badische Sprache – schwere Sprache. Manchmal kann einen ja schon das Mitleid packen, wenn man Auswärtige auf dem Karlsruher Marktplatz vor der Pyramide stehen sieht, wie sie hilflos mit den Ohren schlackern. Doch jetzt ist Hilfe da! Für Touristen, für Zugezogene und alle, die nicht mit Karlsruherisch als Muttersprache aufgewachsen sind, hat Bernd Siemers den Karlsruher Wortschatz analysiert und ins Hochdeutsche übersetzt. Vom „Aai" bis zum „Zwuggl" ist das sprachliche Leben in der Fächerstadt hier erklärt.

„Wenn dir was fehle tut, dann musch halt ebbes suche. Un wenn des e Word isch, dann guggsch aifach nooch: Do in dem Wörderbichle; do schdehn se nämmlich drin, die Karlsruherische Schbroochkreatione, die uns scho ab un zu faschd um de Verschdand bringe."

„Der Brigande-Duden." KURIER
„Neigugge belebt d'aigene Gosch." INKA
„Einschlägige Erfahrungen als langjähriger Dialektarbeiter." BNN

2. Auflage überall im Buchhandel

Paperback · 68 Seiten · ISBN 978-3-88190-507-7
Euro 9,80 · www.infoverlag.de